빠라끌리또
paráclito

빠라끌리또 1口

가프 장편 소설

초판 1쇄 찍은 날 § 2016년 6월 28일
초판 1쇄 펴낸 날 § 2016년 7월 5일

지은이 § 가프
펴낸이 § 서경석

편집책임 § 조현우

펴낸곳 § 도서출판 청어람
등록번호 § 제387-1999-000006호
등록일자 § 1999. 5. 31
어람번호 § 제1-2471호

주소 § 경기도 부천시 원미구 부일로 483번길 40 서경B/D 3F (우) 14640
전화 § 032-656-4452   팩스 § 032-656-4453
http://www.chungeoram.com
E-mail § chungeorambook@daum.net

ISBN 979-11-04-90875-0 04810
ISBN 979-11-04-90549-0 (세트)

paráclito

빠라끌리또

 가프 장편 소설

[완결]

paráclito

빠라끌리또

CONTENTS

1장

여자의 두 얼굴

"넌 뭐냐?"

승우가 물었다.

꾸에에……

"악령인가?"

꾸에에……

"금발의 아가씨들에게 원한이 있는 모양이군?"

승우의 눈에 바닥에 떨어진 검은 끈 조각이 들어왔다. 그 옆에는 향수병도 널브러져 있었다. 검은 끈과 향수. 악령과 무슨 연관이 있는 걸까?

"민민!"

승우는 검은 코끼리까지도 꺼내주었다. 여섯 마리의 코끼리가 열두 마리로 늘었다. 숭고한 빛과 절망의 빛이 동시에 터지자 덩어리가 주춤 기세를 접었다.

"어때? 억울한 사연이 있으면 들어줄 용의가 있는데."

꾸엑!

짧은 음과 함께 덩어리가 나선을 그리며 발작을 했다.

"빠져나가요!"

민민이 소리쳤다.

"그럴 수는 없지."

승우는 탱탱하게 차오른 신력을 덩어리의 줄기 중심에 퍼부었다.

푸억!

소리 없는 폭음과 함께 덩어리가 요동을 쳤다.

"위험해요!"

수도 없이 갈라진 검은 줄기는 표창을 이루며 몸부림을 쳐댔다.

띠뽀띠뽀!

애애애앵!

창밖에서는 소란이 일고 있었다. 119 구급대가 도착하고 차도형이 경찰을 이끌고 달려왔다. 경찰들은 기숙사 학생들을

대피시키기 시작했다. 승우, 더는 끌 수 없는 형편이 되고 말
았다.

"헤이, 덩어리!"

방으로 나온 승우가 문을 잠궜다. 그 틈을 타고 덩어리도
미친 듯이 밀려 나왔다. 이제는 방 안 가득 어둠이 물들었다.
절망이다. 보통 사람이 본다면 이게 바로 지옥인 것이다.

"말을 하지 않는다면 어쩔 수 없지."

승우는 두 발에 힘을 준 채 공략을 시작했다.

"와아앗!"

승우의 몸에서 숭고한 빛이 반원을 그리며 터져 나갔다.
덩어리는 몸서리를 치며 웅크렸다. 승우는 신력을 더욱 끌어
올렸다. 그러자 덩어리는 한데 뭉쳐 미친 듯이 몸서리를 쳤
다.

"마지막 진술 기회야!"

손 끝에 신력을 모은 승우가 말했다. 거부하면 중심을 직격
할 생각이었다.

[막… 지… 마!]

그제야 덩어리에게서 뒤틀린 신음이 새어 나왔다.

"……?"

[제발… 저것들은 죽어도 마땅해…….]

"왜지?"

승우가 물었다.

[당신은 상관없잖아? 그러니 막지 마!]

발악과 함께 덩어리가 승우를 덮쳤다.

"아저씨!"

창을 막고 있던 민민이 소리쳤다.

푸아앗!

승우는 신력을 뿜으며 맞섰다. 이미 극한으로 끌어 올렸던 신력. 이걸로도 안 된다면 피한다고 해결될 일이 아니었다.

"……?"

민민의 시선이 멈췄다. 승우는 검은 덩어리에 휘감겨 도무지 구분이 되지 않았다. 그렇게 잠시 시간까지 멈춰 버렸다.

"아저씨!"

민민이 소리치지만 상황은 변하지 않았다.

"네이벤, 아저씨를 구해!"

민민이 절박하게 외쳤다.

뿌오오!

코끼리들이 포효를 뿜을 때였다. 검은 덩어리가 움찔하는가 싶더니 빛과 함께 사방으로 부서졌다. 승우의 힘이 사악한 덩어리를 압도한 것이다.

"아저씨!"

"걱정 마. 아이 엠 오케이!"

승우의 손에는 아직도 남은 숭고함이 이글거리고 있었다.

끼에에!

치명타를 맞은 덩어리는 완전하게 늘어졌다. 아까처럼 가공할 기세는 어디에도 없었다. 그러자 방 안에 깔린 안개 자국도 맥없이 흐트러지기 시작했다.

"검사님!"

텅텅텅!

차도형이 문 두드리는 소리가 들렸다.

"어이, 이제 진짜 마지막 진술 기회야!"

승우가 지친 덩어리 앞으로 다가섰다. 파르르 몸을 떤 덩어리가 천천히 몸을 세웠다. 덩어리는 사람의 형상의 갖춰갔다. 긴 머리의 여자였다.

"기회는 네가 다 허비했으니 서둘러 주면 고맙겠는데?"

승우는 손에 맺힌 신력을 거두었다. 전의를 상실한 영기를 그렇게까지 위협할 필요는 없다고 판단한 것이다.

[당신…….]

악령이 한 맺힌 목소리를 밀어냈다.

[나쁜 사람… 마리앙이 마지막인데…….]

마지막.

그 단어 안에서 허무가 출렁거렸다.

"이유를 알려줘. 억울한 게 있으면 내가 풀어줄 테니."

[당신이?]

"그래. 약속한다."

[약속……. 이미 너무 늦었어.]

"너도 여기 유학생인가?"

승우가 물었다.

[맞아, 한때는…….]

"이름을 물어도 될까?"

[세네갈의 마싸로 불렸어.]

"마우사?"

승우가 고개를 들었다. 사감이 말하던 세네갈 유학생이 떠오른 것이다.

[내 이름은 마싸야. 세네갈이 아니고 프랑스인.]

덩어리는 '프랑스'를 강조했다.

"그런데 왜 같은 프랑스 금발들을? 너는 불법 취업을 위해 교환학생으로 왔고 그래서 사라졌다고 하던데?"

[마리앙이 그렇게 말했어?]

"기숙사 사감도……."

[그건 다 거짓말. 잘난 금발들이 꾸민 새빨간 거짓말이야.]

"좋아. 그럼 진실을 알려줘."

[내가 왜 당신에게. 내 한을 막아버린 당신에게?]

"네 명예를 위해서야. 뭔지 모르지만 이렇게 끝나면 넌 살인자라는 오명을 쓸 수 있어."

[살인자?]

"그건 원치 않겠지? 세네갈, 아니 프랑스에는 네 부모님들도
계실 테고……."

[우리 부모님…….]

"부탁해."

승우는 겸허하게 말했다. 진실을 알아내는 것, 이제부터는
그게 승우의 과제였다.

탕탕탕!

"검사님, 괜찮은 겁니까?"

다시 문 밖에서 차도형의 외침이 들려왔다.

"괜찮아, 조금만 기다려줘."

승우가 문을 향해 소리쳤다.

"거부인가?"

승우가 마싸를 바라보았다.

[……]

"말해요. 이 아저씨는 좋은 아저씨예요."

민민이 끼어든 건 그때였다. 푸른 불빛의 민민은 코끼리 등
에서 내려와 팔랑팔랑 그녀 앞을 날았다.

[넌… 뭐지?]

마싸가 고개를 돌렸다.

"저 아저씨의 친구……. 악령이 되려는 나를 저 아저씨가 구해주었어요."

[친구?]

마싸가 손을 내밀었다. 민민은 그 손 위에 고이 내려앉았다.

[좋은 사람?]

"응……."

민민이 고개를 끄덕거렸다.

[넌 숭고하구나. 거짓이 없어.]

가만히 민민의 빛을 아우르던 마싸가 천천히 고개를 들었다. 어느새 시간은 새벽을 향해 달리고 있었다.

"당신……."

"송승우야, 대한민국의 검사……."

[이젠 늦었어요. 하늘로 갈 시간이니까…….]

"……?"

[투룽가를 찾아가세요. 그가 말해줄 거예요.]

"투룽가?"

[내 남자 친구… 그에게 전해주세요. 고맙다고…….]

"이봐!"

[전화번호는…….]

작은 덩어리의 빛이 허공으로 흩어지더니 숫자를 그렸다. 핸드폰 번호였다. 마싸는 애잔한 표정으로 민민을 바라보더니 아련하게 흩어져 버렸다.

"사라졌어요!"

민민이 소리쳤다. 검은 덩어리가 흩어지자 마리앙의 룸메이트가 정신을 차렸다.

"까악!"

승우를 본 그녀가 비명을 질렀다. 승우는 그녀를 그대로 둔 채 방문을 열었다. 차도형과 경찰들이 밀려들어 왔다.

"까악, 까아악!"

여자는 더욱 소리를 질렀다. 느닷없이 등장한 남자 승우, 그리고 수많은 경찰들. 놀라지 않을 재간이 없는 상황이었다. 경찰 하나가 다가가 그녀를 진정시켰다.

"검사님!"

"마리앙은?"

"병원으로 옮겼습니다."

차도형의 말을 들으며 승우는 이 형사 앞으로 다가섰다.

"괜찮아요?"

"덕분에… 검사님은요?"

"보시다시피……."

승우는 어깨를 으쓱해 보이고 전화기를 꺼냈다. 마싸가 알려준 번호에 전화를 걸 차례였다.

"저 검사님 말입니다."

승우 뒷모습을 보며 형사가 입을 열었다.

"우리 검사님이 왜요?"

차도형이 돌아본다.

"어쩌면 귀신을 보는 거 같아요."

이 형사는 이마에 잔뜩 맺힌 식은땀을 닦아냈다.

"여깁니다!"

차도형이 브레이크를 밟았다.

첫새벽, 먼동이 터온 주택가에 승우 차가 멈췄다. 운전은 차도형이 맡았다.

"내릴까요?"

승우가 뒷좌석의 이 형사에게 말했다. 이 형사의 관할인 데다 그가 원하길래 달고 온 승우였다.

차도형은 주택의 대문 앞에서 주소를 확인했다. 전화를 받은 남자가 불러준 주소가 맞았다.

"내려오시죠."

지하실 계단참을 내려선 차도형이 말했다. 승우는 마지막으로 계단을 내려섰다.

끼이!

철문으로 된 문은 그냥 열렸다. 안에서 향을 피운 냄새가 자욱하게 밀려 나왔다.

'웃!'

영기를 느낀 승우의 눈자위가 맹렬하게 구겨졌다. 기숙사의 목욕실에서 느껴지던 또 하나의 갈래. 덩어리의 것이 아닌 것의 느낌이 여기서는 조금 더 강했다.

'어쩌면……'

하나가 아니고 둘.

승우는 고개를 갸웃거리며 철문 안의 계단을 내려섰다.

"어이!"

차도형이 나서려 하자 승우가 제지했다. 그냥 긴 지하실. 침대가 놓인 끝 쪽에 향이 피워져 있었다. 그 벽의 탁자 위에는 염주가 올려진 유골함이 보였다.

그 뒤로 붙은 사진… 마싸의 영정이었다. 그 앞 맨바닥에 책상다리를 하고 앉아 있는 검은 피부의 청년. 얼굴에는 눈물 자국이 깊고 또 깊었다.

"학생이 투룽가인가?"

승우가 다가섰다. 슬쩍 영기를 확인하는 승우. 투룽가는 그냥 평범한 외국 청년으로 보였다.

"마싸……"

승우, 마싸의 영정을 바라보았다. 새까만 피부에 검고 긴 머리카락. 주먹만큼 커다란 눈동자가 아름다운 얼굴이었다.

"고맙다고 전해달라더군."

"마싸를 봤나요?"

투룽가는 고개를 떨군 채 물었다.

"그래⋯⋯."

"그녀가 마리앙을 죽였나요?"

"살려줬어."

"그럴 리가. 방해자 구마사도 해치웠다고 했는데?"

"그도 목숨을 거두지는 않았어. 그녀의 마음이 마지막에 바뀐 거야."

"마지막⋯⋯."

"학생이 모든 걸 알거라더군."

"학생은 아니에요."

"그럼 산업연수생인가?"

"⋯⋯."

"한때는 그랬나 보군?"

"추방하시게요?"

"천만에, 내가 알고 싶은 건 마싸의 사연일 뿐이야. 네가 범죄자가 아니라면."

승우는 투룽가를 안심시켰다.

"마싸는 7주 전에 죽었어요. 오늘이, 꼭 7주가 되는 날이에요."

7주!

그렇다면 49재가 되는 날이다. 죽은 사람에게는 아주 중요한 49재. 그녀는 불교를 믿은 걸까? 유골함 위의 염주를 보면 그럴 수도 있었다. 하지만 그런 건 중요하지 않았다.

사람이 죽으면 명부의 왕들로부터 도합 열 번의 심판을 받는다. 그중에서도 염라의 왕이 49재에 심판장으로 나선다. 그래서 49재를 중시하는 것이다. 그렇기에 불교와 관련이 없는 사람들도 49재를 중시하는 경우가 많았다.

"오늘은 하늘로 가야 한다고 했어요. 어쩌면 벌써 하늘에 가 있겠네요?"

투룽가가 고개를 들었다. 버석하게 말라붙은 소금기를 보니 얼마나 울었는지 짐작이 갔다.

"연인인가?"

"그러고 싶었죠."

대답이 승우의 심금을 울렸다.

"천천히 말해줘."

승우는 향 하나를 집어 불을 당겼다. 그런 다음 천천히 향대에 꽂았다.

"세 달 전쯤이었어요. 이태원 식당에서 일하는 나를 마싸가 초주검이 된 채 찾아왔어요."

투룽가가 천천히 입을 열었다.

"우린 프랑스에서도 잘 알고 지냈어요. 둘 다 부모님이 세네갈 불법 이민자였거든요."

"……."

"마싸는 공부를 잘하고 나는 못했어요. 고등학교를 졸업하고 나는 친구를 따라 한국으로 왔어요. 그녀를 좋아했지만 고백은 못 했었죠. 마싸는 공부를 잘했거든요."

투룽가의 목소리가 추억을 밟으며 나아갔다.

둘은 간단한 작별 인사만 하고 헤어졌다. 그러다 마싸의 소식을 들었다. 그녀가 한국으로 유학을 온 것이다. 반가웠지만 만나기는 쉽지 않았다. 식당 일이 너무 늦게 끝나는 탓이었다.

그리고 처음으로 투룽가를 찾아온 마싸. 그녀는 완전하게 반쪽이 되어 있었다.

"나 좀 도와줘."

생기가 하나도 없는 그녀의 도움을 투룽가는 외면할 수 없었다. 그래서 초라하지만 이 숙소를 공개했다.

"병원에 안 가도 돼?"

몇 번이고 권했지만 그녀는 고개를 저었다.

돈이 없었다. 공부를 잘했다지만 불법 이민자를 부모로 둔 마싸. 집안 형편이 좋을 리 없었다. 마싸는 투룽가의 지하실에 온지 2주 만에 죽었다. 그 죽음 또한 갑작스러운 것이었다. 새벽 1시, 식당 일을 마치고 투룽가가 돌아왔을 때 그녀는 이미 죽음의 문턱을 서성이고 있었다.

"마지막 소원이 있어."

헐거운 목숨줄에 매달린 마싸. 그제야 한으로 맺힌 일들을 풀어놓았다.

네 명의 금발.

프랑스에서 함께 온 금발의 유학생들.

밝은 금발 속에 마녀의 본능을 숨긴 여자들.

그녀들은 마싸를 달갑게 여기지 않았다. 세네갈에서 온 불법 이민자의 딸이 같은 프랑스인으로 불리는 자체에 거부감을 가진 것이다.

그녀들은 지능적이고 교활하게 마싸를 괴롭혔다. 멸시나 모멸이 조금씩 노골화되었다. 그러면서도 다른 학생들 앞에서는 끔찍하게도 마싸를 챙기는 척 본색을 감췄다.

—네까짓 게 무슨 프랑스인?

—이 꼴 좀 봐. 사막이나 정글에 가서 살면 딱이겠네.

—어휴, 냄새⋯⋯. 대체 뭘 먹고 사는 거야? 속옷은 갈아입니?

—촌스러운 패션 감각은 또 어떻고? 유전자는 못 속인다니까.

부모의 사진까지 모욕하는 등 그녀들의 도발은 도를 넘어섰다. 사실 마싸는 향수가 없었다. 돈이 없기 때문이었다. 단순하게 화려한 색감의 옷은 엄마가 만들어준 옷이었다. 엄마의 정성을 알기에 즐겨 입었던 것.

그래도 마싸는 꿋꿋하게 참았다. 그녀는 한국을 배우러 왔다. 굳이 잘난 금발들과 어울리며 시간을 허비할 생각도 없었다. 게다가 금발들은 간간히 마약도 하는 눈치였다.

금발들은 이런 마싸의 굳건함에 더 약이 올랐다. 짝퉁 프랑스인 주제에 자기들을 무시한다고 생각한 것. 더구나 마싸의 성적이 좋은 것도 한몫을 했다.

"프랑스인끼리 불금이다!"

불타는 금요일.

시험이 끝난 날 마리앙이 제의했다. 마싸를 죽음으로 이끄는 시작이었다. 마리앙은 계략을 꾸몄다. 마싸를 완전하게 망가뜨릴 생각이었다. 그동안 서운했던 거 있으면 풀자고 마싸를 끌었다. 좋은 성적도 축하해 주겠다고 했다. 그렇게 나오니 마다할 수가 없었다.

마리앙, 이태원 술집으로 가서 평소 간간이 즐기던 러시아 남자들을 불렀다. 마싸에게는 즉석 부킹으로 속였다. 러시안들은 허우대가 좋았다.

5 대 5 미팅!

마리앙은 러시안들에게 얻은 마약을 마싸의 맥주에 섞었다. 강력한 성분의 엑스터시였다.

"선물이야!"

마싸가 늘어지자 러시안들에게 안겨주었다. 술기가 오른 러시안들. 거기다 약빨까지 받은 그들이 거절할 리 없었다.

싸구려 모텔로 마싸를 업고 간 러시안들은 저마다 욕심을 발산했다. 그때까지도 마싸는 정신이 돌아오지 않았다. 다음 날 오후, 겨우 정신을 차린 그녀를 반긴 건 치욕의 사진이었다. 나체의 몸에 붉은 립스틱과 핑크 립스틱으로 멋대로 갈겨진 글자를 본 그녀는 다시 정신을 잃고 말았다.

salope!

morue!

gisquette!

프랑스어로 갈겨진 그건 모두 '갈보'라는 뜻이었다. 성기와 엉덩이, 가슴에는 친절하게도 영어 낙서도 빼곡했다.

fuck!

shit!

cock!

dick!

나란히 네 글자로 이루어진 이 뜻 역시 프랑스어와 다를 바 없었다.

며칠 몽롱하게 살았다. 마리앙의 부축을 받으며 기숙사로 왔지만 약 기운은 다 빠지지 않았다. 극렬한 몸살 같은 늘어짐. 며칠이 그렇게 지나갔다.

그 후로 사진이 나돌기 시작했다. 어떤 때는 교재 속에도 있었고, 그녀의 가방 안에도 들어 있었다. 심지어는 노트북 바탕화면에도 떠올랐다.

그놈들이 그랬나 봐. 우리도 그때 다 취해서 정신이 없었어.

마리앙은 모든 책임을 러시안들에게 돌렸다. 하지만 마싸, 누구 짓인지 알 것 같았다. 그러나 이미 시기를 놓친 그녀였기에 속수무책 당할 수밖에 없었다. 그러던 어느 날, 악마가 조건을 걸어왔다.

"눈앞에서 꺼져주면!"

사진을 없애주겠다고 말했다. 그렇지 않으면 프랑스의 부모님에게도 보내겠다고 했다. 한국인 학생들이 다 보도록 강의실에 뿌리겠다고 했다.

그녀들이 내민 사진 속에는 러시안 남자들도 있었다. 자그마치 다섯 명. 돌아가면서 그녀의 배 위에서 욕심을 채우는 모습이었다.

그래서 마싸는 학교를 떠났다. 기숙사를 떠났다. 가슴에는 커다란 상처를 안고서…….

밖으로 나왔지만 돈 없는 그녀는 갈 곳이 없었다. 학생과 학교라는 울타리를 벗어나자 사람들의 시선도 달라졌다. 검은 피부의 그녀는 일자리를 구하지 못했다.

설상가상, 과량의 엑스터시 부작용이 치명적으로 나타나기 시작했다. 불과 몇 주 사이에 그녀의 건강은 내리막으로 폭주해 갔던 것이다.

결국, 최후의 선택으로 투룽가를 찾았다. 그때 이미 그녀는 알고 있었다. 그 목숨에 위기의 등불이 켜졌다는 걸. 살고 싶지 않았다. 목숨을 부지하려는 노력 대신 그녀는, 네 금발에 대한 저주를 택했다.

그것들을 죽일 수 있다면!

죽음 따위는 두렵지 않아.

한을 씹고 또 씹었던 그녀는 마침내 한을 풀 기회를 얻게되었다. 비몽사몽간에 악령을 만난 것이다.

투룽가가 사는 지하실에서 죽은 혼령이었다. 원래는 지하 공장이었던 그곳. 수년 전 가스가 폭발하면서 두 명이 불 타 죽었다. 까맣게 그슬려 죽은 그 원혼들 중 하나가 남아 있다가 마싸를 도와준 것이다.

하나가 아니고 두 영기.

승우의 의혹이 풀려 나가는 순간이었다.

"49재 동안만 내 제단에 향을 피워줘. 그리고 혹시 프랑스에 돌아가 우리 부모님 만나거든 마싸는 언제나 두 분을 자랑스러워했다고 전해줘."

마싸는 유언을 남기고 눈을 감았다. 짝사랑했지만 고백도 못 한 투룽가. 그 역시 넉넉지 못했지만 그 정도 부탁은 들어줄 수 있었다.

그러다 마싸가 죽은 지 3주일이 되던 날, 투룽가의 꿈속에 그녀가 나타났다.

"이제 복수할 거야."

마싸가 지하실의 혼에게 복수의 힘을 배운 모양이었다. 49재가 되는 날 이승을 떠나게 되었던 마싸의 혼은 남은 4주 동안을 복수의 날로 잡았다. 그녀 자신에게 치욕을 안겨준 그 불금. 불금을 빼놓지 않고 즐기던 네 금발들을 위한 심판의 날로는 그보다 더한 게 없었다.

천국에서 지옥으로!

모진 한을 어둠의 힘으로 승화시킨 마싸, 마침내 지옥 집행인으로 나섰다.

세네갈 이민 2세 마싸!

차례차례 한을 풀었다. 목욕탕 유리에 쓰도록 한 립스틱 유서는 그들의 만행에 대한 응징이었다. 그건 또한, 자살로 보이기에도 맞춤했다.

"그럼 검은 줄에 향수병 사연도 알고 있나?"

승우의 머릿속에 똬리를 틀고 있던 질문이 나왔다.

"검은 줄 역시 마싸의 선물이에요."

"선물?"

"그것들이 마싸의 피부색을 비하했거든요. 백인 인종주의자들에게서 간혹 보이는 현상이죠. 그것들이 자부하는 프랑스 국기 흰색, 붉은색, 푸른색 줄로 목을 매달게 할 수는 없잖아요."

"그럼 향수는?"

"그 또한 그것들의 열렬한 자부심에 대한 복수죠. 그 잘난 향수의 매혹이 죽음을 목전에 둔 그것들에게 무슨 가치가 있는지 알려준 거예요."

"그녀가 그렇게 말한 건가?"

"네, 할 수만 있다면 검은색을 덮어씌워 검은색의 위대함을 알려주겠다고 했어요. 그 잘난 입에는 저희들이 아끼는 향수를 쑤셔 박은 채로요."

검은색 끈과 향수의 비밀이 풀렸다. 금발들을 목욕탕으로 몰아 속죄의 글을 쓰게 한 마싸. 친절하게 목매다는 줄 매는 법까지 알려주고 마지막 가는 길에도 문명국의 우아한 여성들답게 죽을 수 있도록 향수병을 허락한 것이다.

"경찰에는 왜 알리지 않았나?"

승우가 물었다.

"이건 경찰이 개입할 문제가 아니에요. 프랑스에서도 더러 일어나는 일이죠. 이건 우리의 일이에요."

투룽가가 고개를 저었다.

승우는 할 말을 잃었다. 왕따나 다문화에 의한 갈등은 한국만의 일이 아닌 모양이었다. 이 먼 타국 땅까지 건너 온 문명국 프랑스의 사회문제. 그러나 검경은 까맣게 몰랐던 일. 가만 돌아보니 이 형사도 어이가 없다는 표정이었다.

―살인자의 실체는 악령.

―도무지 믿을 수 없는 일.

―그러나 그가 이미 목욕실에서 체험하고 온 일.

갈등하는 그에게 승우가 다가왔다.

"마싸에 대한 건 잊으세요."

"……."

"하지만 마싸를 죽음에 이르게 한 가해자들은 전부 구속하세요."

러시안들과 마리앙, 승우가 의미하는 가해자들은 그들이었다.

'사람 겉만 봐서는 알 수 없다더니…….'

승우 뇌리에 가엾은 새처럼 떨던 마리앙이 스쳐 갔다. 이 앞에 있다면 따귀라도 한 방 갈겨주고 싶었다. 금발을 덮어쓴 미녀. 그녀야말로 그 미모 뒤에 숨은 악녀가 분명했다.

천사의 허울 뒤에 숨은 악녀!

*　　　*　　　*

응급실 침대에 누워 있던 마리앙은 입을 다물지 못했다. 승우가 쏟아놓은 혐의들 때문이었다.

"검사님!"

그녀는 눈물까지 글썽거렸다. 착한 새의 연기에 재미를 들린 모양이었다.

"이건 모함이에요. 더 이상 마리앙을 모함하면 가만있지 않겠어요."

사고 소식을 듣고 온 문화원장도 핏대를 올렸다.

"증거가 있습니다."

승우가 웃었다. 교활한 여우는 가끔 사람을 물기도 한다. 친구 하나를 그렇게까지 철저히 망가뜨린 여자라면 단순히 스물두 살 철부지 아가씨로 대우하면 안 된다는 거, 승우도 잘 알고 있었다.

"무슨 증거요?"

마리앙이 눈을 부릅뜨자 차도형이 나섰다.

"마약!"

차도형의 손에서 흔들리는 건 마리앙이 소지품 깊이 감춰둔 엑스터시였다.

"그건 나도 모르는 거예요."

마리앙은 바로 변명을 했다.

"정말 그럴까요?"

차도형이 웃었다. 그의 반대편 손에 들린 건 혈액튜브였다. 마개까지 달린 튜브에는 응급 검사에 쓰고 남은 피가 상당 부분 남아 있었다.

"마리앙 혈액입니다. 여기서 마약 성분이 나왔지요. 그래도 부정한다면 소변검사와 머리카락 검사를 병행해드릴 수 있습니다."

차도형의 목소리는 확신이 가득했다.

마약 검사!

그 정도는 일도 아니었다. 더구나 마리앙의 머리는 긴 머리. 그러니 걱정할 필요도 없었다. 마약을 복용하면 머리카락으로 알 수 있다. 그러나 마약이 침착된 머리카락은 조금씩 자란다. 최악의 경우 복용기간이 상당 지났을 때 혐의자가 빡빡머리를 하면 검출되지 않는다.

하지만!

마리앙의 금발은 엉덩이까지도 내려올 기세였다.

마리앙의 얼굴이 창백해질 때 차도형은 또 하나의 증거를 꺼내놓았다. 역시 마리앙의 상자 안에서 찾은 사진이었다.

마싸!

그녀의 알몸이 거기 있었다. 저급하고 추악한 낙서도 보였다. 러시아 수컷들의 악행도 있었다.

마지막 치명타는 이 형사의 몫이었다. 그가 응급실 안으로 밀어 넣은 건 러시아 청년 둘이었다.

사진 속에서 마싸를 농락하는 그 러시안들의 일부였다. 둘의 시선은 마리앙과 마주쳤다.

"……!"

마리앙의 얼굴에 절망이 스쳐 갔다. 그 절망은 금발을 흑발로 물들이고도 남을 만큼 강력했다.

게임 오버!

승우는 혼자 웃었다. 마리앙은 더 달아날 곳이 없었다.

"내가 그랬어요."

결국 그녀가 무너졌다.

"하지만 마싸 책임이에요. 흑인 주제에 너무 잘난 척했다고요."

울먹임 속에서도 질투는 배어나왔다.

"진짜 프랑스인인 우리 앞에서 감히……."

감히!

그 말에는 승우도 분노가 치밀었다. 목숨에도 레벨이 있단 말인가? 인권에도 레벨이 있단 말인가? 그녀의 자부심대로 그녀는, 문명국 프랑스의 엘리트였다. 여자의 시기심이 그녀의 눈을 가리고 있었다. 자기만 주목받고 싶은 이기심이 왜곡되어 불러온 참극.

"마리앙, 네가 정말?"

범죄 전반에 대한 이야기를 들은 문화원장은 믿을 수 없다는 표정을 지었다. 그런 다음 눈을 뒤집고 의식을 잃고 말았다.

승우는 차도형에게 눈짓을 보내고 돌아섰다. 찬바람을 맞고 싶었다. 그 바람에 눈과 귀를 씻어내고 싶었다.

철그럭!

시원하게 수갑 채워지는 소리를 들으며 승우는 밖으로 나왔다.

인간의 근거 없는 우월감.

그건 어디서 오는 걸까? 인간 위의 인간은 존재할 수 있는 걸까? 그러지 말라고, 그러면 안 된다고 수없는 교육을 받아오지만 그 싹은 사라지지 않았다.

—배려!

—인내!

—이해!

—양보!

여러 단어들이 승우의 어지럽게 뇌리를 스쳐 갔다. 그중 한두 가치만 실행했어도 생기지 않았을 참극. 작은 시기와 삐뚤어진 우월감에서 시작된 일이 다섯 아가씨의 인생을 망친 것이다. 한국을 향하는 비행기 안에서 찬란하게 타올랐을 소녀들의 꿈이…….

'그러고 보니 이모가 돌아오는 날이군.'

새벽하늘을 바라보던 승우가 먼 공항을 향해 시선을 돌렸다.

＊　　　＊　　　＊

"송 검사!"

이른 아침, 승우는 잠시 눈을 붙인 후에 인천공항 입국장에서 이모를 만났다. 선글라스를 끼고 제법 멋을 내고 나오던 이모가 자지러졌다.

"여긴 왜 나온 거야?"

아이처럼 달려와 어쩔 줄을 모르는 이모.

"왜는요? 하나뿐인 이모님 돌아오는데 당연히 와야죠."

"그게 말이 돼? 우리 국가 대표 검사님이…….."

이모는 승우 어깨에 걸린 고단함을 쓸어내 주었다.

"수나야, 인사해. 우리 조카 송 검사!"

친구를 가리키는 이모의 어깨에 힘이 들어갔다.

"아유, 방송에서 보던 것보다 훨씬 미남이네. 세희한테 얘기는 많이 들었어요."

"아, 네……."

"먼저 가. 나는 우리 남편이 온다고 했는데……. 어휴, 이 인 간은 시간관념이 없다니까. 내가 없으니 아주 살판 났지."

친구는 몰려든 사람들을 스캔하며 입술을 실룩거렸다.

"애, 그럼 며칠 쉰 후에 보자."

이모는 작별 인사를 하고 승우의 팔을 끌었다.

"나 어때? 이거 송 검사가 준 돈으로 산 건데?"

조수석에 앉은 이모가 최신 선글라스를 들어보였다.

"죽입니다. 우리 이모, 아직도 20대 같아요."

"진짜?"

"그럼요. 사람 속에 섞여 나오는데 이몬 줄 몰랐다니까요."

"아유, 기분 최고다. 이거 받아."

이모가 선물 하나를 내밀었다.

"뭔데요?"

"응, 양주 한 병하고 열쇠고리, 기념품 뭐 그런 것 좀 샀어."

이모가 내민 기념품들은 사실 조악했다. 해외여행 처음 하 는 초보자들이 바리바리 사들고 오는 그 초식. 승우는 웃음 과 함께 선물을 받아 들었다.

"어땠어요?"

"좋았어. 송 검사 말대로 누가 여왕인 줄 제대로 보여주고 왔지."

"잘하셨습니다."

서울로 접어든 차는 지검이 가까운 곳에 세웠다. 거기서 곰탕으로 아침을 때웠다.

"어휴, 며칠 만에 겨우 밥다운 밥 먹었네."

이모의 표정은 한없이 개운했다.

"음식이 입에 안 맞았어요?"

"나는 그럭저럭 괜찮았는데 친구가······. 맨날 한국식 찾아다녔는데 무슨 한국식이 그래? 이건 캄보디아 음식도 아니고 한국 음식도 아니고······."

"현지화가 되어서 그래요. 한국 손님들만 상대해서는 수지가 안 맞으니까."

"으응, 그렇구나. 우리 송 검사는 모르는 게 없네."

"친구 분 전생은 확인했어요?"

"몰라. 지가 주제에 무슨 왕비··· 앙코르와트를 며칠이나 돌아도 기억이 안 난다던데?"

물을 마시던 이모가 웃었다.

"푹 쉬시고 다음에는 다른 나라도 가보세요. 캄보디아 가셨으면 태국하고 말레이시아도 괜찮아요."

"그렇잖아도 친구랑 약속했어. 나가니까 너무 좋다고 두세 달 안에 또 뭉치기로."

"그러셔야죠. 엄마가 못 한 거 이모라도 다 하세요."

"송 검사!"

"예?"

"고마워. 나한테까지 시간내 줘서."

"쳇, 저 업어서 길러준 이모잖아요. 그건 엄마하고도 같은 거라고요."

"그래도……."

그녀의 눈에 물기가 서렸다. 참 정이 많은 이모…….

음식점 앞에서 택시를 태워드렸다. 그런 다음 승우는 지검 주차장에 들어섰다. 아직은 이른 시간, 주차장은 텅 비어 있었다. 승우가 차에서 내릴 때 낯선 고급 세단이 옆으로 들어섰다. 차의 주인은 조기호였다.

"어, 썬배님!"

차에서 내리던 조기호가 반색을 했다.

"차 바꿨어?"

"아, 차요? 뭐 저는 그냥 타려고 했는데 승진했으니 바꿔야 한다고……."

"스폰서가?"

"에이, 스폰서가 뭡니까? 지지자죠."

"대납할부 형식?"

"너무 많이 아시면 다칩니다."

조기호가 대충 얼버무렸다. 빠라끌리또들의 생리를 훤히 꿰고 있는 승우이기 때문이었다.

"다음부터는 내 차 옆에 세우지 마. 괜히 긁히고 거액 물어내라고 떼쓰면 곤란하니까."

"썬배님 차도 바꿔드릴까요?"

"됐고, 그나저나 웬일로 일찍 나왔대? 해가 서쪽에서 뜨려나?"

"에이, 왜 이러십니까? 저도 일할 때는 한다고요."

"그렇지. 그게 너무 드물어서 그러지……."

"아무튼 잘됐네요. 병원에 들러야 하는데 같이 좀 가시죠."

"병원은 왜?"

"시인 일가족 사건 말입니다. 아이 엄마가 의식이 돌아올 것 같답니다."

그때 현관 쪽에서 출동 차량 한 대가 경적을 울렸다.

"조 검사님, 여깁니다."

수사관 하나가 운전석에서 손을 흔들었다.

"가시죠. 대신 점심은 제가 쏩니다."

조기호는 승우 손을 잡아끌었다.

몇 시간 만에 다시 오는 병원. 같은 병원은 아니었지만 썩 유쾌하지는 않았다.

복도는 조용했다. 일가친척 없는 사람의 참극은 이래서 더 쓸쓸하다. 초임 시절의 승우, 조문객이 한 명도 없는 상가(喪家)를 본 적이 있었다. 아내 없는 백수 남편의 폭행치사 사건. 상주로 앉은 중학생 아들을 누르던 그 무거운 적막과 절망……

'괜히 왔군.'

승우는 그날이 생각나 고개를 저었다.

시인의 아내와 아들은 집중치료실에 나란히 누워 있었다. 남자와 여자, 어른과 아이 환자였으니 그나마 병원의 배려 덕분이었다.

아내의 곁에는 의료진이 여럿 붙어 있었다. 승우는 그 옆의 아이에게 시선을 돌렸다.

다섯 살 아이……

제 얼굴을 다 덮을 듯한 산소마스크가 너무나 커보였다. 입은 건 아랫도리의 환자복뿐. 몸 여기저기에 붙은 줄과 관을 보니 마음이 아파왔다.

그런데, 승우의 착각일까? 아이는 평화로운 표정이었다. 고통이 온몸을 쑤시고 있을 텐데도 찡그리지 않는다. 실룩 움직이는 입술은 오히려 승우를 향해 웃는 것처럼도 보였다.

"말을 합니다!"

아내를 돌보던 의사가 소리쳤다. 오랜 무의식에 빠져 있던 환자가 깨어나는 모양이었다. 조기호가 달려갔다. 수사관을 재촉해 원하던 답을 얻어냈다.

"그이가… 창을 열어줬어요. 창 여는 버튼을 누르는 게 보였어요."

"자살이군요?"

조기호가 끼어들었다.

"네… 그이가 하늘에서는 베스트셀러 시집을 써주겠다고……."

"……."

"우리 민이……."

아내의 눈길이 힘겹게 아이에게 향했다. 그녀는 손을 뻗으려 했다. 하지만 그녀에게 허용된 삶은 거기까지였다. 툭 하고 손이 떨어지더니 까무룩 의식도 사라졌다.

"운명했어요!"

간호사가 소리쳤다. 그녀를 지탱하고 있던 모든 바이탈 사인이 꺼졌다. 죽기 직전 마지막 불꽃을 살려 아이의 얼굴을 보고 간 모양이었다.

"가시죠. 그래도 진술 확인되어 다행입니다."

조기호는 개운한 표정이었다. 그 어깨를 승우가 잡아 세웠다.

"왜요?"

"남편 시신 아직 화장 전이지?"

"그런데요?"

"스폰서 하나 땡겨서 같이 치러줘라."

"예?"

"나한테 술 한잔 뽀지게 쏠 정도면 가능하잖아?"

"그거야 그렇지만……."

"간다!"

승우는 조기호의 등을 툭 쳐주고 치료실을 나왔다. 또 한 명의 영기가 다른 세상으로 가고 있었다.

길과 길이 나뉘는 이곳. 그러나 누구도 미리 알 수 없는 갈림길. 복도에 선 승우는 창 안을 향해 고개를 돌렸다. 유리 너머로 혼자 남은 아이의 모습이 보였다. 다섯 살 아이의 묘한 표정은 승우 머리에 오래 남았다.

*　　　*　　　*

별관은 다시 전쟁터였다.

기자들이 몰려든 것이다. 문화의 나라 프랑스. 그 나라에서 온 금발의 유학생들. 그녀들에 얽힌 기묘한 사건이 새나간 것이다.

"진짜 범인은 누구라는 겁니까?"

"마리앙의 자작극이라는 말도 있던데요?"

"마싸의 남자 친구는 관련 없습니까?"

아직 사건 정리도 끝내지 않은 승우. 길을 막는 기자들이 성가시기만 했다.

"범인은……."

기자들에게 밀리던 승우가 돌아섰다. 그런 다음 또렷하게 뒷말을 이었다.

"시기심입니다!"

뭔가를 기대하던 기자들이 고개를 들었다.

"사건이 정리되는 대로 공식 기자회견할 테니 돌아가세요!"

승우의 입장 표명이 끝나자 수사관들이 인간 장벽을 만들기 시작했다. 차도형과 권오길이 선봉이다. 그들은 청원경찰과 함께 기자들을 노련하게 저지해 냈다.

그런데 겨우 기자들을 떼어내자 낯선 남자 하나가 승우를 향해 달려들었다.

"송 검사님!"

"뭡니까?"

신경이 곤두선 차도형이 각을 세우며 물었다. 지검 직원이 아니기 때문이었다.

"저 좀 도와주십시오. 우리 마누라가 미쳤습니다."

'응?'

미쳐?

"이봐요, 하실 말씀 있으면 정식 상담을 신청하세요. 저쪽 1층 로비에 가시면……."

차도형이 남자를 막아섰다.

"제발요! 거기 가봤는데 관할 경찰서로 가라는 말만 되풀이합니다. 이러다 우리 아이 죽습니다."

남자는 필사적이었다.

"아, 이 양반이 진짜……."

차도형이 남자를 잡아끌었다.

"그 목사 새끼는 사이비입니다. 피해자가 한둘이 아닌데 왜 다들 사람 말을 듣지 않습니까?"

'목사?'

"마귀 퇴치인지 뭔지 한다고 사람이 죽어나갔습니다. 재산이고 몸이고 다 바치랍니다. 이번에는 우리 아이예요. 우리 아이가 오늘 치료를 받는다고요. 우리 아이 죽어요. 제발, 제발!"

남자는 끌려 나가면서도 호소를 멈추지 않았다. 아이, 아이……. 그 단어가 승우 눈에 밟혔다.

"차 수사관!"

결국 승우 입이 열렸다. 차도형이 잠시 돌아보았다.

"그분, 소회의실로 모셔가."

"검사님!"

"그렇게 해. 나 부장님 좀 뵙고 올 테니까 차라도 한 잔 대접하고."

"알겠습니다."

지시를 받은 차도형이 남자의 팔을 놓아주었다.

"아이고, 고맙습니다, 고맙습니다!"

남자는 허리가 부러져라 몇 번이고 인사를 그치지 않았
다.

딸깍!

유 부장을 보고 온 승우가 소회의실 문을 열었다. 찻잔을
만지던 남자가 파득 일어섰다.

"괜찮습니다. 앉으세요."

승우는 남자의 앞에 자리를 잡았다. 남자는 그제야 다시
엉덩이를 붙였다.

"무슨 일인지 들어볼까요?"

승우가 물었다.

"시간 없습니다. 제발 그 사이비 목사 놈을 구속해 주세요.
그놈 그냥 두면 피해자가 얼마로 늘지 모릅니다."

남자의 목소리는 다급하고 초조했다.

"구체적으로 말씀을 하셔야······."

"그놈이 무슨 성령의 불손(火手)을 가졌답니다. 그걸로 사
람들 몸에서 마귀를 뽑아내고 불치병을 치료한답시고 여자들
농락하고 재산 뺏고, 심지어는 사람을 죽이기도 한단 말입니
다."

사이비 목사.

어디서 많이 듣던 행태였다. 그런데 한 가지가 달랐다.

불손?

성령의 불손이라?

2장

성령의 불(火)손

"불손이라고 하셨습니까?"

"네, 불손요."

남자는 득달처럼 대답했다. 아홉 살 딸을 둔 어현찬은 말하는 동안에도 진땀을 쏟았다.

"좀 자세히 말해보세요."

승우는 귀를 세웠다.

"이걸 보시죠."

어현찬이 핸드폰을 열었다. 거기 동영상이 하나 있었다.

"우리 마누라가 가져온 겁니다. 이놈이 박 목사입니다."

이놈!

원망이 서린 단어였다.

그의 손이 50대 초반의 남자를 가리켰다. 근사한 사제 복장을 한 목사다. 몸관리를 잘했는지 중년들에게 흔한 똥배도 보이지 않았다.

"손을 보세요."

어현찬이 화면을 짚었다. 화면 속에 20대의 아가씨는 옷을 벗고 있었다. 놀랍게도 브래지어와 팬티까지 다 벗었다. 여자가 돌아앉자 목사의 손이 그녀의 수려한 등을 짚었다.

지직!

소리와 함께 연기가 솟았다.

"……?"

목사가 손을 떼자 여자의 등에 또렷한 손자국이 남았다. 믿을 수 없는 광경이었다.

"그게 바로 메시아를 자처하는 성령의 불손이라는 겁니다. 저런 식으로 신도들의 불치병을 치료한다는 거죠."

'불손?'

승우의 미간이 좁혀졌다. 속임수일까? 어쨌거나 손바닥 자국은 남았다. 흐리지만 연기 같은 것도 솟았다.

"신도들을 이런 식으로 치료를 한다는 말인가요?"

"그건 맞지만 전제 조건이 있습니다."

"조건?"

"말하자면 신앙심이 증명되어야 한답니다. 몸이든 재산이든 다 바칠 각오가 되어야 합니다. 그렇지 않으면 자기 손에 불이 붙지 않는다는 거예요."

신앙심 증명!

뭘 뜻하는 지 알 것 같았다. 어현찬의 말이 이어지며 승우의 추측을 뒷받침해 주었다.

"신앙심을 증명하려면 박 목사가 시키는 대로 해야 합니다. 처녀들은 합궁을 해야 하고 일반 신도들은 전 재산을 바쳐야 하죠. 그렇지 않으면 하느님을 불신하는 거라 치료 효과를 얻을 수 없다는 거예요."

"아내 분도 재산을 바친 겁니까?"

"저 모르는 사이에 그랬더군요. 적금 통장과 보험까지 다 해약하고……."

"그런데 아까 아이가 위험하다고 하셨죠?"

"우리 신애가 아프거든요. 무슨 병인지 잠을 못 잡니다. 조금만 잠들면 춥다고 일어나 벌벌 떠는데… 병원에서는 원인을 모른답니다. 지켜보는 부모로서 차마 못 볼 일이랍니다. 마누라가 그래서 거길 다니기 시작했습니다. 목사님 기도빨이 굉장해서 암부터 시작해서 못 고치는 병이 없다는 말을 듣고는……."

"고쳤나요?"

"몇 번 맛은 봤습니다."

'맛?'

"시험 삼아 아이를 만져주고 성수라는 걸 줬는데, 그날 밤은 아이가 편하게 잠들었습니다. 그것 때문에 마누라 눈이 뒤집힌 거죠."

"……?"

"두 번쯤 그러다 목사 놈이 옵션을 걸었습니다. 아이를 낫게 하고 싶으면 신앙심을 증명하라고……."

"헌금 말이군요?"

"돈도 돈이지만 반대하는 제가 마귀라고 아예 가정을 버리라고 했답니다. 제가 옆에 있으면 아이가 결국 죽고 말 거라면서……."

허얼!

진퉁 사이비 교주가 분명했다.

"우리 마누라, 지금 제정신이 아닙니다. 거의 맛이 갔어요."

"……."

"결국 오늘 아침, 마누라가 이혼을 선언하고 아이와 함께 기도원으로 가버렸습니다. 저 몰래 집을 저당 잡혀서 그 돈까지 싸들고 말입니다. 오늘이 목사가 날 받아준 날이라나요."

"집이 부인 명의입니까?"

"예. 제가 장사를 하다 보니 혹시 몰라 마누라 명의로 돌려 두었거든요."

"그런데 어쨌든 아이는 차도가 있었다면서요?"

"있기는요? 처음에는 그런 줄 알았는데 나중에 보니 점점 악화가 되더라고요. 전에는 그나마 간간이 잠이 들기도 했는데 이제는 아예 거의 뜬눈입니다."

"치료는 몇 번이나 받았습니까?"

"저도 모릅니다. 마누라가 아이를 데리고 수시로 들락거리니……."

"그 기도원이라는데 가본 적 있습니까?"

"네, 몰래요."

"몰래?"

"입구에서 신도들이 일일이 사람 조사를 합니다. 저는 신도도 아니고 목사님 지시도 없다며 막더군요. 그래서 야밤에 산길로 들어가 몰래 엿보았습니다."

산길!

가능한 일이다. 산에 있는 기도원이라면 입구만으로 출입할 수 있는 건 아닐 테니까.

"어떻던가요?"

"겉보기는 그냥 공동체 기도원 맞습니다. 다만 치료 장면은……."

설명하던 어현찬이 이마에 서린 진땀을 닦아냈다. 상상만으로도 오싹한 모양이었다.

"그건 목사도 아니고 치료도 아닙니다. 미친놈의 지랄발광이라고 보는 게······."

어현찬은 몸서리를 쳤다.

어현찬이 숨어서 본 치료 장면.

그건 신앙이 아니라 색광이었다. 젊은 아가씨가 치료대에 누웠다. 신도는 20대의 아가씨였고 알몸이었다. 알몸인 이유도 있었다.

기도원은 자칭 에덴의 천국. 에덴 동산의 그것처럼 원초적이어야 기도빨이 먹힌다는 것. 그는 불손으로 아가씨의 몸을 쓸어내렸다.

마귀를 쫓는 의식이란다. 의식을 치루는 가운데 목사는 아가씨와 성교를 했다. 신앙심 시험이자 신인일체를 이루는 과정이란다. 아가씨가 몸을 사리자 의식은 중단되었다.

신앙심 부족!

아가씨에게 옷이 던져졌다.

다음 사람은 50대의 아줌마. 아줌마는 돈 가방을 내밀었다. 손의 금팔찌와 금 귀고리, 반지 등도 모두 빼주었다. 목사는 아줌마의 옷은 다 벗기지 않았다. 믿음이 강하니 대충 벗어도 된다는 것. 목사는 러닝셔츠 위로 손을 올렸다.

치익!

연기가 살포시 솟았다. 아줌마는 발광을 했다.

"마귀야 물러가라!"

목사가 외치는 말은 오직 한마디였다. 눈알을 뒤집은 아줌마는 결국 들것에 실려 나갔다. 그사이에 목사는 돈뭉치를 확인하고 금팔찌를 깨물어보느라 바빴다.

"그놈은 목사가 아닙니다. 그냥 사기꾼 색마라고요."

목사를 훔쳐 본 어현찬이 내린 결론이었다.

마귀 추방!

기독교나 천주교에서 볼 수 있는 일이다. 신앙심이 깊은 성직자라면 가능한 일이었다. 그들은 성수만으로도 악령을 퇴치하곤 했다. 그러나 핀트가 많이 빗나간 일 같았다. 참된 성직자라고 볼 수 없는 일들이 동반되고 있는 것이다.

재산 헌납!

몸도 헌납!

공동체 강요!

그런 것들은 많은 사이비 종교에서 볼 수 있는 것으로 종교를 빙자한 빗나간 행태였기 때문이었다.

이미 어현찬의 동산에 들어가 생활하는 사람이 수백 명. 부정기적으로 오가는 사람을 합치면 만여 명에 이르는 신도들. 어현찬의 말이 다 사실은 아니라고 해도 짚어볼 필요는 있을 것 같았다.

　자료 수집과 신원 조회는 나수미에게 맡겼다. 그녀는 오래
지 않아 결과를 내놓았다. 알맹이는 하나도 없었다.

　목사 박긍진, 50세.

　교단에는 그런 목사가 없었다. 이 목사의 정체는 조금 다른
경로로 밝혀졌다. 우후죽순으로 늘어난 갈래의 교파, 중앙 교
단에서 이단으로 적시한 한 교파에서 속성으로 양성한 목사
과정을 마친 인물이었다.

　"그 사기꾼?"

　중앙 교단의 목회자들은 고개부터 저었다. 그로 인한 오해
가 한두 번이 아니라는 것이다. 원래는 거리에서 초상화를 그
렸다는 박긍진. 혼인 관계조차 미혼이었기에 가족 확인도 불
가능했다.

　그래도 그를 기억하는 지인이 있었다. 바로 거리에서 초상
화를 동업하던 만화가였다.

　"난해한 친구였지요."

　첫마디는 그것이었다.

　박긍진!

　그림 실력은 그저 그랬다고 한다. 이런저런 싸구려 그림 업
계와 공장판 만화계를 전전하다 놀이공원 앞의 초상화가로 나

섰다. 몇 장 그리면 깡소주부터 찾았다고 한다. 밥보다 술을
더 좋아했다.

불손!

다행히 그 단서가 나왔다. 원래는 그런 현상이 없었다고 했
다. 그가 그런 능력을 얻게 된 건 우연이었다.

어느 겨울, 깡소주를 마시고 건물 사이 틈에서 웅크린 채
잠이 든 박긍진. 이상하게도 가슴팍에 이어 오른손이 뜨거워
졌단다.

"한번 만져 봐."

그가 내민 손을 지인도 만졌다.

"진짜로 뜨거웠어요."

그러나 시도 때도 없이 뜨겁지는 않았다. 처음에는 박긍진
도 당황해했다. 하지만 불손에 익숙해지면서 콘트롤이 가능해
졌다. 알고 보니 집안 내력이라고 했다.

그의 아버지가 불신(火身)이었단다. 아무래도 구라 같아서
더 묻지 않았는데 어느 날 '사건'이 터졌단다.

가끔 소주를 함께 기울이던 노숙자가 배를 잡고 뒹굴었다.
우연히 박긍진이 불손으로 배를 쓸었다. 감쪽같이 배가 나았
다. 노숙자의 배는 악성 과민성 위염이었다. 병원에서도 못 고
치던 병이 사라진 것이다.

두어 번 유사한 경험을 겪은 박긍진. 불손으로 동네의 미

녀 미시 잔병까지 고치고 몸을 헌납받는 행운도 누렸다. 그때부터 박긍진은 불손에 빠져들기 시작했다.

기적의 손!

그는 그 말을 남기고 초상화가를 접었다. 도구와 재료를 몽땅 지인에게 인심 쓴 채.

이어 재산 상황이 나왔다.

재산은 눈덩이처럼 불어 있었다. 몇몇 신도들의 입소문을 타고 번져 나간 기적의 손. 병원에서 재미를 못 본 환자들이 몰려들면서 금고가 미어터지기 시작했다. 그는 곧 교주였으니 바치는 헌금은 모두 그 개인의 것이 되었다.

누군가는 기도원에 버스를 헌납하고,

또 누군가는 자기 상가를 헌납하고,

또 누군가는 자기 아파트와 몸을 바쳤다.

그렇게 왕국을 이룬 지 5년, 손바닥만 한 기도원으로 시작한 그의 왕국은 이제 초유의 반석을 향해 질주하고 있었다. 그 외의 것은 일체의 베일에 가렸다.

기도원에서 죽은 사람, 가정이 파탄난 사람 등등은 노출되지 않았다.

집단으로 모여 비밀리에 생활을 하고 있는 종교 시설. 검찰이나 경찰이 내부 사정을 알기는 어려웠다.

"혹시 불손 때문에 죽은 사람이 있다는 말은 못 들었나요?"

서류 검토를 끝낸 승우가 어현찬을 바라보았다.

"왜 없습니까? 마누라 말만 해도 둘이라고 들었습니다."

"둘이오?"

승우가 파득 고개를 들었다.

"불손 때문에 죽은 게 맞는데도 목사 탓이 아니라고 한답니다. 그들의 믿음이 약했기 때문에 일어난 일이라고……."

"……."

"더구나 그 사람들을 기도원 안에 암매장을 하는 눈치였습니다."

"암매장이라고요?"

"사람이 죽어도 장례식이나 영구차 등이 오지는 않는다고 했습니다. 그러니 뻔한 거 아닙니까?"

단초가 되었다.

암매장……. 일단 사체가 묻힌 것 정도만 확인해도 영장을 청구할 수 있는 일이었다.

"나 수사관."

승우는 나수미를 불러 신도위장 잠입 특명을 내렸다.

"조심하고."

특별 지시를 받은 나수미의 얼굴에 비장미가 감돌았다.

부릉!

나수미가 먼저 출발했다. 그 뒤로 두 시간쯤의 간격을 두고 승우와 차도형이 차에 올랐다. 기도원은 그리 멀지 않았다. 경기도로 접어들자 오래지 않아 작은 팻말이 나왔다. 손바닥 두 개만 한 팻말이었다.

〈천화원〉

한문으로 하면 天火園, 그러니까 '천국의 불 정원'이라는 뜻이었다.

"저기 같은데요?"

언덕 너머로 작은 마을 같은 풍경이 들어오자 차도형이 말했다. 입구를 시작으로 이어지는 길을 따라 좌우에 들어선 여러 채의 건물이 보였다.

맨 뒤쪽에 붉은 지붕을 한 게 박 목사의 성전이었다. 단층이지만 하늘을 찌를 듯 높은 종탑이 시선을 끌었다. 적어도 20미터는 되는 것 같았다.

건물은 죄다 남향이다. 공동체 생활 터답게 아기자기한 배치. 작은 텃밭으로 둘러싸인 공간에는 신도들이 여럿씩 짝을 이루어 일을 하고 있었다.

차도형은 입구 앞에 차를 세웠다.

"검찰청 송승우 검사입니다. 목사님 좀 뵈러 왔습니다."

승우는 신분증을 내밀었다. 입구의 신도들이 안으로 전화를 했다. 10분쯤 지나자 깨끗한 검은 그마림 복장을 한 박 목사가 자전거를 타고 다가왔다.

"검사님이 웬일이십니까?"

박 목사는 인상이 좋았다. 더 좋은 건 승우를 알아보지 못한다는 것. 성전(?) 관리에 바쁘다 보니 뉴스 따위와는 담을 쌓은 모양이었다.

"국회 법사위에서 연락이 왔는데 소관 의원 한 분이 이 기도원에 지역구에 피해를 준 거액 사기범이 도피하고 있다는 제보를 받았다고 다그치는 통에……."

마지 못해 형식상 나왔으니 면 좀 세워주시죠.

승우는 몸을 살짝 낮췄다.

"아, 그 국개의원들은 밥 먹고 할 일도 없으시지……."

박 목사는 고개를 젓더니 사기범 이름을 물었다.

"안승욱이라고……."

"얼굴은 아세요?"

"예, 여기 있습니다."

옆에 있던 차도형이 재빨리 수배범의 얼굴을 핸드폰에 띄웠다. 안승욱은 진짜 수배된 거액 사기범이었다.

"이런 신도는 없습니다만 그냥 가라고 하면 나중에 또 오실 테고……. 들어가서 살펴보십시오. 단 기도실 문을 열거나 하시면 안 되고요, 대부분의 신도들이 나와서 땀의 소중함을 실천하고 있으니 우리 집사를 따라 자연스럽게 돌아보시기 바랍니다."

땡큐!

승우가 속으로 말했다. 그 정도라면 사체를 묻은 장소를 찾는 데는 문제가 없을 일이었다.

"나 수사관입니다."

박 목사가 집사를 불러주겠다고 성전으로 들어갔을 때 차도형이 눈짓을 날려왔다. 먼저 온 나수미는 성전 앞에 서 있었다. 승우와 차도형은 아는 척하지 않았다.

"이쪽으로 오시죠."

안내인으로 나선 사람은 덩치가 산만 한 집사였다. 마치 장벽을 보는 듯 어마어마했다. 그는 농장 쪽으로 승우를 안내했다. 쿵쿵, 걸을 때마다 바닥이 울렸다.

슬슬 어둠이 내리는 기도원. 그 하늘 위에는 어둠에 섞인 민민이 있었다. 민민은 멧씨를 타고 숲 가장자리로 날아갔다.

'후웁!'

승우 역시 접신을 이루었다. 배추밭을 지나고, 감자밭을 지나고, 토마토밭도 지나갔다. 그러다 나뭇가지를 잘라 만든 담장 앞에 닿았을 때였다. 민민이 낮은 담장 너머의 풀밭에서 맴을 돌았다.

'영기……'

사체들이었다. 한군데는 두 구가 묻혔고, 그 옆쪽으로 또한 구였다.

"여기 사람이 많이 사는 모양이죠?"

승우, 시치미를 떼고 집사에게 물었다.

"그럼요. 여기야 말로 지상낙원이죠. 성경에서 말하는 에덴 동산이라는 게 따로 있는 게 아니랍니다."

집사의 입에서 침이 튀었다. 동시에 영기의 흔적도 엿보였다. 사람을 죽였든지, 아니면 죽은 사람을 만진 게 틀림없었다.

"그럼 아픈 사람은 어떻게 하나요? 혹시 죽기라도 하면……."

"그런 건 걱정할 필요가 없습니다. 질병 따위는 우리 목사님 손만 닿으면 그만이고 죽는 건 하느님의 뜻이니 또 다른 영생을 맞이하러 가는 겁니다."

"이 안에 사람 무덤 같은 건 없나요? 이렇게 좋은 곳에서 살다 보면 죽어서도 여기 머물고 싶을 거 같은데."

"그런 건 없습니다."

집사가 잘라 말했다.

오케이!

일단은 쿨하게 받아들였다.

승우는 박 목사에게 인사를 하고 바로 물러났다. 성전 앞에 서 있던 나수미는 안으로 옮겨가 있었다. 창 너머로 그녀가 기도하는 모습이 보였다. 신앙 시험인가? 아무튼 고생 좀 할 것 같은 분위기였다.

"나 수사관 연기 좀 하는데요?"

차에 오른 차도형이 말했다. 승우의 특명을 받고 신도가 되기 위해 들어간 나수미. 사실 함정수사는 불법이었다. 하지만 어현찬의 아이가 있으니 조치가 필요했다. 만약의 경우에는 나수미가 그 아이의 안전을 확보해야만 했다.

그런데, 뜻하지 않은 브레이크가 걸렸다. 유 계장을 통해 청구한 수색영장이 반려된 것이다. 이유는 증거 불충분.

"내가 이럴 줄 알았어. 이것들 하는 짓이… 거기 그냥 있어. 내가 갈 테니까."

승우, 별수 없이 차도형을 내려두고 서울로 향했다. 법원에 도착한 승우는 당직 판사와 담판을 짓고 영장을 따냈다. 시계를 보니 밤 아홉 시를 넘고 있었다.

오래지 않아 유 계장이 수사관 10여 명을 이끌고 합류했다.

"이거 좀 보시죠."

유 계장이 해묵은 기사 하나를 내밀었다.

"분신자살요?"

기사의 제목이 그랬다.

"박 목사 아버지입니다."

"……?"

승우가 유 계장을 돌아보았다.

"가족 관계 조사하다 겨우 찾았는데 의문의 분신이더군요. 사진에는 재만 나왔지만 사실 진짜는……"

유 계장이 품에서 사진을 꺼냈다. 그걸 받아 든 승우, 격하게 미간을 찡그렸다. 사진에는 차마 믿을 수 없는 광경이 나와 있었다.

분신한 사람.

상체는 완전무결 퍼펙트하게 전소(全燒).

그러나 두 다리는 멀쩡한 사진.

이것……. 말로만 듣던 인체 발화?

승우는 입을 벌린 채 말을 잇지 못했다.

*　　　*　　　*

"이거?"

승우의 시선이 유 계장에게 건너갔다.

"워낙 끔찍한 데다 사실 관계도 확인되지 않은 것이라 '미공개'로 분류되었던 거랍니다. 절대 보안이라고 못 준다는 거 검사님께만 보이고 돌려준다고 가져왔습니다."

유 계장도 숨을 몰아쉬었다.

사진…….

신문에 실린 것과는 달리 사진에는 타다 만 다리 두 개가 남아 있었다. 머리부터 무릎까지 타버린 것이다. 그런데 상체가 전소된 것과는 달리 다리는 비교적 멀쩡했다. 미스터리로 전하던 그것. 인체 발화였다.

인체 발화!

승우는 사진을 보면서도 믿기지 않았다. 이는 과학적으로 전혀 검증되지 않았다. 그렇다고 누군가의 조작에 의한 것도 아니었다. 과학으로는 설명이 불가하지만 엄연히 실존하는 일. 특히 서양에서는 여러 건이 보고되고 있었다.

인체 발화 사진을 보면 끝없는 의문이 남는다. 어떤 촉매나 연료 없이 오직 인체 안에서 발생한 화기에 의해 단시간 안에 사람의 몸을 재로 만들어버리는 가공할 현상.

일반적인 화재와는 달리 피해자 주위에 발화 원인도 없다. 발화점은 그저 인체 내부에서 기인하는 것이다. 즉 일반적인 방화나 분신이 외부의 발화에 의해 인체가 타버리는 것과 달리 인체 발화는 인체 내부에 원인을 두고 있다.

예전 같으면 설명이 될 수도 있었다. 먼 과거에는 만물, 즉 인간의 몸까지도 네 가지 원소로 구성되었다고 믿었다.

물, 불, 흙, 공기.

신체의 일부가 불로 구성되었다면 갑자기 전소하는 것도 가능하기 때문이었다. 그러나 현대에 이르러 이 주장은 추억이 되었다.

더욱 의문인 것은 인체 발화의 경우, 단지 인체만을 태워 버린다는 점. 예를 들어 소파 위에서 인체 발화가 일어났다고 해도 소파에는 큰 손상이 없다.

그저 타다 만 흔적이 남을 뿐. 다른 경우라면 당연히, 소파도 타고 그 근처의 집기, 나아가 집이나 건물이라고 해도 화재를 유발하는 게 일반적이다.

하지만 인체 발화는 신기하게도 오직 인체만 태우고 그 밖의 것들에는 미미한 흔적만 남길 뿐이다. 마치, 인체만 표적으로 골라서 태우기라도 하는 듯……

그 인체 발화.

그게 의심되는 사진이 나온 것이다.

"당시 경찰관하고 통화해 봤는데 박 목사, 그러니까 어린 박긍진이 막걸리 심부름을 간 뒤에 사고가 났답니다. 신고를 받은 소방관이 도착하기까지 약 10여 분 정도 공백인데 이렇게 다리만 남고……"

유 계장이 설명을 덧붙였다.

"분신이라는 추측은 어떻게 나온 거죠?"

승우가 물었다.

"알코올 중독에 생활고……. 박긍진이가 공부도 좀 했는데 가난 덕분에 중학교도 안 보내려고 했다더군요. 마침 구석에 시너 통도 두 개나 있고 냄새도 나고 해서……"

"그럼 진짜 분신일 수도 있잖습니까?"

"그런데 그게 국과수 수사에서는 사망자 재에는 시너 성분이 없다고……."

"……?"

"당시에는 페인트 같은 걸 다들 직접 칠했으니 그쪽일 수도 있습니다. 실제로 집 뒤에 페인트도 있었고요."

"죽은 사람 몸에서는 시너 성분이 나오지 않았다?"

"예……."

승우의 눈이 다시 사진으로 향했다. 몸통은 전소되어 재가 되었음에도 비교적 말끔한 다리. 분신이든 아니든 이해할 수 없는 일이었다.

'만약 진짜 인체 발화라면…….'

승우 뇌리에 박 목사의 불손이 스쳐 갔다.

─그 집 내력이 그렇답니다.

박 목사 지인이 한 말…….

그렇다면 박 목사의 아버지도 불의 육체를 가지고 있었다는 말. 어린 박긍진이 직접 확인도 했다는 말. 그렇기에 지인에게 말했을 것이 아닌가?

인체 발화.

불손.

머리가 복잡해졌다.

골똘해할 때 핸드폰이 울었다. 차도형이었다.

"왜?"

승우가 전화를 받았다.

—나 수사관 비상 연락망이 갑자기 끊겼습니다.

"배터리 아웃이야?"

—아닙니다. 아까 통화했는데 배터리 빵빵하다고 했거든요.

"안쪽 움직임은?"

—통화가 끊기기 전에 유 집사가 나 수사관이 있는 대기실로 들어갔다 나왔습니다.

"혼자?"

—예, 무슨 물병 같은 걸 가지고 갔는데 나올 때는 빈손으로…….

"어신애는?"

—그 후에 집사가 어신애를 데리고 성전으로…….

"영장 떨어졌으니까 상황 급박하면 일단 혼자서라도 밀고 들어가. 우린 곧 도착할 테니까."

"비상 상황입니까?"

옆에 있던 유 계장이 물었다.

"좋지는 않습니다. 서두르시죠."

승우의 말을 들은 유 계장이 선두 차 머리에 경광등을 올렸다.

띠뽀띠보!

경광등이 숨 가쁘게 돌아가기 시작했다.

"……."

차 안에서도 승우의 시선은 오직 사진에 꽂혀 있었다.

인체 발화!

한때는 알코올 중독이 그 원인으로 지목된 적도 있었다. 인체 발화가 일어나는 사람들이 주로 알코올 중독자라는 주장. 하지만 그건 근거가 없는 것으로 나왔다.

'부적이나 지방(紙榜)…….'

승우는 머리에 종이를 떠올렸다. 흔히들 제를 지내고 나면 지방을 태운다. 얇은 종이일수록 잘 탄다. 능숙한 제주는 지방을 손바닥 위에서 태운다. 순식간에 재로 변할 뿐 손에 화상을 남기지 않는다.

사진이 그랬다. 흡사 인체를 종이처럼 확 태우다 만 느낌이다. 다 타지 못하고 조금 남은 지방처럼, 또렷하게 남은 두 다리…….

"다 와갑니다!"

운전을 맡은 권오길이 뒤를 돌아보았다.

'유전은 아니겠지.'

승우는 사진을 유 계장에게 돌려주었다. 이제는 사진보다 현장에 집중할 때였다.

기도원의 입구가 보이자 유 계장이 전화를 걸었다.

"차 도형, 전화받지 않는데요?"

"혼자 잠입한 모양입니다. 서둘러요."

승우가 먼저 차에서 내렸다.

데엥!

먼 종탑에서 종이 울렸다.

"검찰입니다. 수색영장 집행합니다."

선봉은 권오길과 석 반장이 맡았다.

"영장이고 뭐고 목사님 허락 없으면 못 들어 가."

경비를 맡고 있던 신도 셋이 길을 막았다.

"뭐해? 공무집행 방해로 체포하고 밀어붙여!"

유 계장이 다그쳤다.

순간!

삐익, 신도 하나가 호각을 불었다. 그러자 안 쪽에서 신도들이 밀려 내려오기 시작했다. 무지막지한 덩치의 유 집사가 그 선두에 있었다.

"막아, 사탄들이야!"

유 집사의 고함과 함께 신도들이 인의 장벽을 만들었다. 그 뒤로는 리어카와 휠체어 등이 포개지면서 입구는 완전히 봉쇄되어 버렸다.

"검찰이고 나발이고 우리 왕국에 들어서기만 하면!"

신도 지휘자는 유 집사였다. 앞줄의 신도들은 그를 따라 괭이와 쇠스랑, 삽을 치켜들었다. 일전을 불사하겠다는 태도였다.

"검사님!"

당황한 권오길이 승우를 돌아보았다.

"비켜 봐!"

승우가 앞으로 나섰다.

"여러분, 검찰입니다. 정당한 법 집행을 막으면 곤란합니다. 선량한 신도들에게는 피해가 없도록 할 것이니 길을 터주시기 바랍니다."

"조까는 소리, 여기서는 우리 목사님이 하느님이고 왕이야."

신도들을 지휘하는 유 집사가 기세를 올렸다.

"절대 못 들어가니까 돌아가!"

신도들도 가세했다. 승우는 시계를 보았다.

6시 45분!

7시 15분 전.

불의 손이 치료를 시작한다는 7시. 박 목사는 입구에 코빼기도 보이지 않았다. 그렇다면 성전에 있다는 의미. 신도들의 충성심으로 왕국을 이룬 그이니 약간의 소란이 있다고 해서 건너뛰지는 않을 것 같았다.

그건 불이 암시하는 바와도 같았다. 불(火)은 여름이다. 방위로는 남쪽, 색으로는 붉은색, 오장으로 치면 심장, 나아가 숫자는 2와 7에 해당했다.

그래서 7시.

승우는 확신했다.

"증원 요청할까요?"

유 계장이 전화기를 든 채 물었다.

증원!

경찰 병력을 투입하면 입구를 깨는 건 시간문제였다. 하지만 무리한 집행은 종교 탄압이라는 명분을 줄 수 있었다.

요즘이야 가져다 붙이면 이유가 아닌가? 지금은 비록 정통 기독교에서 박 목사를 이단 취급하고 있지만 종교 탄압이라는 명분에는 종교계가 동의를 할 수도 있었다.

그때 유 집사가 앞으로 나섰다.

"어이, 검사 양반!"

승우를 향해 턱짓을 하는 유 집사.

"저자식이……."

발끈한 권오길을 승우가 뒤로 밀어냈다.

"안에 말이야 당신 직원이 있는 거 알지?"

직원?

처음에는 그게 나수미를 의미하는 줄 알았다. 하지만 유 집사가 뜻하는 차도형이었다.

"조금 전에 수사관 하나가 불법가택침입을 하셨어. 대한민국 검찰이 쥐새끼처럼 그래도 되는 건가?"

"수사관을 불법 감금했던 말인가?"

승우가 물었다.

"아아, 불법 가택침입이 먼저라고. 게다가 당신, 왜 뒤통수를 치고 그래? 아까는 그냥 보고만 간다더니……."

"범죄 정황이 나왔어. 좋게 말할 때 신도들 물려."

"절대로 그렇게는 못하지. 우리는 박 목사님 말만 들어. 이나라 대통령이 와도 소용없다고."

"이봐!"

"그러니까 좋은 말로 할 때 돌아가. 아니면 저 안에 있는 수사관, 어떻게 될지 나도 몰라. 여기는 하느님의 왕국이라서 회개하지 않는 사탄에게는 천벌도 자주 내리거든."

"사탄은 물러가라!"

"물러가라!"

유 집사에 이어 신도들이 함성을 높였다.

'맹목적……'

신도들은 그랬다. 그들은 집단 감염이라도 된 듯 유 집사의 말에 따르고 있었다.

이렇게 되면……

승우의 시선이 성전으로 향했다. 불이 훤하다. 어쩌면 저 안의 테이블에 어현찬의 딸이 누워 있을지도 몰랐다. 시체는 내일 발굴해도 문제가 없었다. 하지만 어신애의 치료는 지금 막아야 했다.

바로 지금!

"유 계장님!"

승우는 유 계장을 불러 특명을 내렸다. 그리고 그 자신은 차 뒷좌석에 탑승했다. 잠시 후, 신도들은 일제히 눈살을 찌푸 렸다. 유 계장과 수사관들이 신도들과 대치한 곳에 임시 텐트 를 쳤기 때문이었다. 휴대용 가스레인지를 설치하고 물도 끓 였다. 그 물을 부어 컵라면도 끓였다.

'장기전을 벌이겠다.'

유 집사의 입가에 냉소가 스쳐 갔다. 숙소를 코앞에 둔 기 도원으로서는 불리할 것도 없었다.

그 시간, 승우는 어둠이 내린 숲을 지나고 있었다. 차량의 뒷좌석에 오른 승우는 바로 반대편 문으로 나왔다. 그런 다음 몸을 숙이고 숲으로 걸었다. 신도들에게는 차에 들어가 쉬는 것으로 보이도록 한 것이다.

승우의 옆에는 권오길과 젊은 수사관이 있었다. 그들 역시 같은 방법으로 합류했다.

기도원 안은 한산했다. 신도들이 입구로 몰린 탓이었다.

"차 수사관하고 나 수사관을 찾아서 성전으로 오도록."

승우는 권오길의 등을 밀었다. 승우는 먼저 성전으로 갈 생각이었다. 두 수사관이 담장을 따라 사라지자 승우도 몸을 움직였다.

6시 58분.

남은 건 2분이었다.

발소리를 죽인 승우는 성전 뒤편의 창으로 갔다. 창이 높아 안이 잘 보이지 않았다. 주변을 보니 작은 통이 보였다. 그걸 가져다 디딤판으로 삼았다.

'박긍진……'

그가 보였다. 촛불을 두 줄로 나란히 밝힌 치료실 안. 한쪽 벽면을 온통 차지한 거대한 십자가. 그 십자가를 등진 박긍진이 검은 옷을 입고 두 팔을 들었다.

침상에 놓인 어린아이와 그 앞에 무릎을 꿇은 여자도 보였다. 어현찬의 딸과 아내 김시영이었다. 어린 어신애는 완전한 알몸이었다. 그녀에게도 에덴동산의 원초성을 강조한 모양이었다. 물론 치료대 옆의 김시영도 매끈한 알몸이었다.

"하느님 아버지……"

김시영은 입에 모터라도 단 듯이 미치도록 기도에 몰입하고 있었다. 들썩이는 허리와 경련하는 어깨는 잠시도 멈춤이 없었다.

"전능하신 하느님의 뜻으로 어린 양을 구하려 하오니!"

아이에게 성수를 먹인 박 목사가 오른팔을 쭉 뻗었다.

"오직 믿음으로 성스러운 불의 은총을 받을지니!"

"아멘!"

"사탄은 물러가고 하느님의 권능만이 가득하리니!"

"아멘!"

단둘, 그러나 치료실 안은 수많은 신도들이 대예배라도 드리듯 열기로 가득 차올랐다.

그러다!

지익!

박 목사의 손이 김시영의 어깨를 짚자 풀썩 연기가 일었다. 어현찬이 말하던 그 불손이었다.

"엄마……."

겁에 질린 어신애가 몸을 움츠렸다.

"걱정 마. 목사님께서 네 병을 없애줄 거야."

"무서워……."

"조금만 참아. 성령을 받으면 건강해질 수 있어."

그사이에 박 목사가 다가섰다. 그의 불손에서는 연기가 피어올랐다. 어쩌면 가까이 있는 어신애는 열기를 느낄 수도 있을 것 같았다.

"엄마……."

싫어!

결국 어신애의 입에서 비명이 터졌다.

"잡아!"

박 목사가 소리치자 김시영이 딸을 제압했다.

"싫어, 무섭단 말이야. 무서워……."

어신애는 엄마의 팔 안에서 통곡을 하며 몸부림을 쳤다.

"몸 안에 든 사탄이 발악을 하는구나. 그래봤자 하느님의 권능을 피하지 못하리라."

박 목사의 손이 어신애의 가슴을 짚었다.

치익!

"아아악!"

불덩이가 닿는 듯 연기와 함께 비명이 자지러졌다. 신애는 미친 듯한 경련과 함께 눈을 뒤집어 버렸다. 그러거나 말거나 다시 손을 들이대는 박 목사.

그 순간!

쾅 하고 문이 열렸다.

"이 개자식아, 내 딸한테 손대지 마!"

곡괭이 자루를 겨누며 들어선 사람은 어현찬이었다.

'저 사람?'

창을 통해 안쪽 상황을 지켜보던 승우, 가슴이 철렁했다. 느닷없이 나타나 산통을 깨는 어현찬 때문이 아니었다. 그 뒤에 소리 없이 따라붙은 또 한사람. 그는 박 목사의 충복 유 집사였다. 손에는 우악스러운 쇠스랑이 들려 있었다.

하지만 몸을 날린 어현찬이 먼저 박 목사의 등을 찍었다.

"으억!"

박 목사가 신음을 내며 휘청거렸다.

"위험해요!"

순간 승우가 소리쳤다. 그와 동시에 유 집사가 쇠스랑을 휘 둘렀다.

퍼억!

살을 찍는 소리가 창 밖까지 울렸다. 그래도 아버지의 힘은 위대했다. 생살을 찍히고도 어현찬은 일어섰다. 다시 한 번 박 목사의 머리통을 후려쳤다.

"이런 개자식!"

다급해진 유 집사가 몸을 날렸다. 완력으로 맞붙자 어현찬 이 밀렸다. 아버지의 힘도 거구를 상대로는 통하지 않았다.

"와앗!"

유 집사는 기합소리와 함께 어현찬을 메다꽂아 버렸다.

와장창!

어현찬은 신애와 아내 앞에 거꾸러졌다. 그러나 아내는 그 를 거들떠보지 않았다. 그녀는 오직 기도를 할 뿐이다. 두 손 이 닳고 또 닳도록…….

"아버지 하느님, 회개를 모르는 사탄의 무리를 용서하시고 제 딸에게 은총을 내리사……."

그사이에 신도 한 무리가 흉기를 집어 들고 들이닥쳤다. 승우는 성전의 담을 끼고 돌았다. 손에는 이미 권총이 뽑혀 있었다.

타앙!

뒷문으로 들어선 승우가 공포탄을 쏘았다. 어현찬에게 무자비한 린치를 가하던 신도들이 고개를 돌렸다.

"검찰입니다. 그 자리에서 꼼짝하지 마세요!"

승우는 두 손으로 권총을 겨눈 채 소리쳤다.

*　　　*　　　*

"씨발!"

늘어진 어현찬의 멱살을 쥐고 있던 신도 하나가 그를 팽개쳤다. 신도들 역시 눈이 뒤집혀 있긴 마찬가지였다.

"죽여, 저 새끼 사탄이야!"

박 목사를 부축한 유 집사가 소리쳤다.

저벅!

신도들이 살광을 뿜으며 승우에게 다가섰다.

"검사님!"

위태로운 순간에 권오길이 합류했다. 그 뒤로 차도형과 나 수미도 보였다. 권오길이 둘을 구해낸 것이다.

"다들 물러서요!"

까칠하게 각을 세운 차도형이 나섰다. 이미 신도들과 한바탕 격투를 벌인 차도형. 그때는 중과부적으로 깨졌지만 이제는 일방적으로 당할 때가 아니었다.

"이 사탄들……. 천벌이 무섭지 않느냐? 감히 하느님의 성전에서 이 무슨 행패냐?"

피를 흘리던 박 목사가 신도들을 다그쳤다.

"저놈들은 사탄들이다. 하느님의 성전을 더럽히는 자들에게 그분의 권능을 보여주어라!"

명을 받은 신도들이 다가서기 시작했다.

"저 사기꾼 새끼……."

차도형 역시 입안에 고인 핏물을 뱉으며 나섰다.

"하느님의 영광으로!"

누군가의 외침을 따라 신도들이 밀려들었다.

"와아앗!"

무리를 이룬 수사관들이 동시에 어깨로 밀었다. 신도들은 움찔 밀려나며 예봉이 꺾였다. 그러나 이내 다시 달려들었다. 사이비 교주에게 홀린 신도들. 그들은 이미 이성을 망각한 지 오래였다.

승우는 박 목사 쪽으로 몸을 날렸다. 유 집사가 막아서자 그 이마에 총구를 겨눴다. 세 불리한 유 집사가 물러섰다. 그 사이에 박 목사, 신애를 인질로 잡아 세웠다.

"으음……."

아이가 정신이 돌아오고 있었다.

"포기해!"

길을 막아선 승우.

"개소리!"

출구가 막힌 박 목사는 바닥에 뒹굴던 옷 쪼가리를 던졌다. 그걸 피하는 사이에 종탑 계단 쪽으로 뛰었다.

"섯!"

승우가 추격을 시작했다. 몇 계단을 올라가자 위쪽에서 우당탕 거친 소리가 내려왔다.

'웃!'

승우는 계단참의 구석으로 바짝 붙었다. 계단 사이에서 키우던 화분의 역습이었다. 피하는 통에 박 목사가 멀어졌다. 승우는 숨을 몰아쉬며 종탑의 마지막 계단을 밟았다.

종탑!

넓지 않았다. 어린아이 키만 한 종과 종루를 빼면 공간은 두어 평 남짓. 박 목사는 종 뒤편의 난간 앞에서 버티고 있었다.

"다가오면 알지?"

박 목사가 아이를 보며 으름장을 놓았다. 까마득히 높은 종탑, 떨어지면 최소한 중상이었다.

"아이를 내려놔."

승우가 총구를 겨눴다

"허튼 소리. 개수작 말고 수사관들 데리고 철수해. 어서!"

"아이는 내려놓고 말하자고."

"아이 살리고 싶으면 내가 시키는 대로 해."

"박긍진!"

"나는 하느님의 아들, 이 세상의 법 따위로는 나를 속박할 수 없어."

"내려놓지 않으면 발포한다."

승우는 박 목사의 허벅지에 총구를 겨누었다. 바로 그때, 검은 물체가 스윽 승우 뒤에 나타나더니 총을 든 팔뚝을 잡아챘다.

"……?"

누군가 돌아볼 여유도 없이 승우의 몸이 부웅 떠오르며 원을 그렸다. 유 집사였다. 승우의 팔목을 제압한 그는 종에다 대고 후려쳐 버렸다.

더엉!

종소리…….

지척의 종소리가 승우의 뇌수를 파고드는 것 같았다. 허벅지 아래가 종을 직격하면서 온몸에 불덩이가 느껴졌다.

"죽여 버려!"

박 목사가 소리를 높였다. 유 집사는 목사의 명을 따르기 위해 종탑 아래를 바라보았다. 그런 다음 승우의 몸을 번쩍 들어 올려 바닥을 겨누었다.

타앙!

위기의 순간, 승우의 총이 불을 뿜었다. 피가 튄 곳은 유 집사의 허벅지였다.

"끄으으……."

신음을 내면서도 유 집사, 승우를 내려놓지 않았다. 별수 없이 한 발이 더 발사되었다.

탕!

반대편 허벅지까지 맞고서야 유 집사가 무너졌다. 겨우 자유의 몸이 된 승우. 몸을 일으키려하자 다리에 불벼락이 느껴졌다. 종신(鐘身)과 충돌하면서 제대로 으스러진 모양이었다. 승우는 난간을 짚고 겨우 몸을 세웠다.

"이놈……."

유 집사가 쓰러지자 박 목사는 이를 갈았다.

"아이, 내려놔."

승우의 총구가 다시 박 목사의 하체로 향했다.

"천만에, 그렇게는 못해!"

박 목사가 신애를 들어 올렸다. 순간, 완전히 의식이 돌아온 신애가 눈을 번쩍 떴다.

"엄마아!"

놀란 신애의 비명이 하늘을 흔들었다.

그때, 승우는 보았다. 하늘을 향해 쭉 뻗은 박 목사의 팔. 그 팔을 지탱하는 어깨. 어깨 아래의 심장. 그 심장에 붉은 광채가 일렁이는 걸.

'설마?'

…했지만 설마가 아니었다. 가슴 한복판에 검붉은 불덩이가 비친 것이다.

"위험해!"

고함소리. 승우의 고함소리와 거의 동시였다. 박 목사의 몸이 불덩이에 휩싸여 버렸다. 그건 정말 눈 깜빡할 사이, 찰나의 일이었다.

"으워어!"

박 목사는 비명을 지르며 발악을 했다. 덕분에 신애를 놓쳤다. 승우는 사력을 다해 몸을 날렸다. 두 다리가 뜨끔했지만 통증 따위는 문제도 아니었다. 겨우 아이를 받아낸 승우가 목사를 돌아보았다.

화아악!

승우 눈에 비쳤다.

유 집사 눈에도 비쳤다. 두 개의 눈동자를 터질 듯이 가득 채우는……

인체 발화.

그 믿을 수 없는 광경.

박 목사의 몸은 지방을 쓴 한지를 태우듯 단 시간에 전소해 버렸다. 오직 몸을 지탱하던 두 다리만 제외한 채. 그래도 다행히, 신애는 그 광경을 보지 않았다. 승우가 그녀의 눈을 가려주었던 것이다.

눈 깜짝할 사이.

박 목사의 몸통과 팔은 완전하게 연소되어 버렸다. 걸린 시간은 불과 3분여. 얇은 종이를 태운 듯 남은 건 쌓인 잿더미뿐이었다.

"우어어!"

믿기지 않는 참상을 본 유 집사, 그 충격에 거품을 뿜으며 늘어졌다.

"검사님!"

화기가 가시기도 전에 유 계장이 달려왔다. 입구를 뚫고 진입한 그가 성전의 신도들까지 제압한 모양이었다.

"……!"

잿더미와 함께 남은 두 다리를 본 그는 무슨 일이 일어났는

지를 알아챘다. 자신도 모르게 인체 발화 사진을 꺼내든 유계장이 떨리는 소리로 중얼거렸다.

"자기 아버지하고 똑같군요."

승우도 사진을 떠올렸다. 조금 길게 남은 오른발과 무릎만 남은 왼발. 그건 정말 사진 속의 인체 발화와 거의 비슷한 장면이었다.

"신애야!"

곧이어 어현찬이 뛰어올라왔다. 그는 벌거벗은 딸을 안고 안도의 눈물을 흘렸다.

"아이 데리고 내려가세요. 곧 구급대가 올 겁니다."

승우가 말했다. 신애의 가슴에 남은 화상 때문이었다.

"고맙습니다. 고맙습니다!"

어현찬은 북받친 목소리로 거듭 말했다.

띠뽀띠뽀!

구급대와 후송차가 몰려왔다.

"우엑!"

"우에엑!"

박 목사의 발화 현장을 본 감식 수사관들은 다투어 토악질을 해댔다. 하지만 그조차 마음대로 할 수 있는 건 아니었다. 좁은 종탑. 자칫하면 재가 날아갈 수 있기 때문이었다.

승우는 차도형에게 업힌 채 종탑을 내려왔다. 어현찬의 아내는 그때까지도 십자가를 보며 기도를 올리고 있었다. 그나마 옷은 걸쳤다. 보아하니 나수미가 챙겨준 모양이었다.

"휠체어 하나 찾아와 주겠나?"

승우가 권오길을 바라보았다. 권오길은 신도들이 쓰던 것 중에서 하나를 가져다주었다.

"쓰러진 사람은 병원으로 옮기고 나머지는 연행하세요!"

휠체어에 올라앉은 승우, 침착하게 현장을 정리했다.

"검사님도 병원으로 가셔야 합니다."

차도형이 구급대원을 불렀다. 승우의 생각은 달랐다. 사체를 찾아야 했다. 아픈 다리보다 그게 우선이었다.

"아저씨!"

승우를 생각해 부지런히 날아간 민민, 벌써 사체를 묻은 땅 위에서 푸른빛을 흔들었다.

"저기를 파보도록!"

승우의 지시가 떨어졌다.

사체가 나왔다.

여기저기서 나왔다.

민민은 누구보다 바빴다. 승우가 다친 걸 아는 그였다. 어떻게든 도우려는 간절함이 민민에게 엿보였다.

'고마운 녀석……'

눈시울이 뜨끈해졌다. 그래도 내색은 하지 않았다.

"여기도 있습니다."

반대편 밭 옆에서도 네 구가 더 나왔다. 그건 유 집사의 자백이었다. 박 목사의 발화로 충격을 먹은 그. 눈물콧물로 범벅이 된 채 모든 것을 털어놓았다.

사체는 모두 20여 구. 그들 대다수는 불손의 기적을 만나려다 죽은 사람들. 일부는 지병이었고 또 일부는 박 목사의 능력에 의구심을 표시하고 항의하다 당한 사람들이었다. 기타 다량의 수면제와 진통제도 나왔다.

불손의 기적이나 성수 따위는 없었다. 더러 질병이 나은 건 우연한 일이었고, 통증이 가신 것도 다량의 진통제를 섞은 생수를 성수랍시고 먹인 결과였다.

천화원.

천국의 불이 아니라 천벌받을 불이었다.

세상이 몇 번 뒤집혔다.

첫째는 20여 구의 암매장 시체 때문이었다. 그들 대다수는 박 목사에게 속아 맹목적으로 추종한 광신도들이었다. 상당수는 지병이 있었다. 박 목사가 보여준 불손의 기적. 사이비 교주가 팔아먹은 사기를 하느님의 권능으로 알고 모든 것을 바친 사람들이었다.

더 참혹한 건 그들 중 상당수가 맞아 죽었다는 것. 그건 유 집사의 실토를 통해서도 알 수 있었다. 마무리는 언제나 유 집사의 몫이었다.

두 번째는 박 목사의 거처에서 나온 현금과 금은보석, 그리고 동영상, 사진 등이었다. 몹쓸 사이비 교주는 젊은 여자 신도나 몸매가 좀 되는 중년 여신도들의 몸을 죄다 농락하고 파일로 찍어놓았다. 당연히, 야동에 버금가는 파일도 많았다.

마지막은 바로 인체 발화였다.

검찰 감식반에 이어 국과수 직원들까지 현장을 다녀갔다. 몇몇 의학 권위자들도 동행했다. 그럼에도 답은 나오지 않았다. 사방이 뻥 뚫린 종탑에서 일어난 일. 현대과학으로는 도무지 설명할 수 없는 일이었다.

승우는 결국 '분신'으로 가닥을 잡았다. 수수께끼적인 요소를 제외한다면 그게 적합했다. 어쨌든 불에 탄 것이다. 누군가가 위해를 가한 게 아니라 스스로 일어난 일이다.

'희대의 사이비 교주, 분신자살로 최후!'

보고서의 제목은 그렇게 정해졌고, 유 계장 손에 넘겨졌다.

"지시대로 하겠습니다."

유 계장이 승우에게 목례를 했다. 두 다리 다 골절상을 입은 승우는 얌전하게 병원 침대에 안겨 있었다. 그나마 팔뚝을 잡힌 게 다행이었다. 만약 유 집사에게 다리를 잡혔다면? 그래서 그가 다리를 잡고 휘둘렀다면? 승우는 깨진 수박 신세가 되었을지도 모를 일이었다.

검찰총장이 위문을 왔다.

지검장도 왔다.

고검장도 오고, 다른 지검의 지검장들도 꼬리를 물고 격려와 위문을 해왔다.

"수고했네!"

총장의 격려는 뜨거웠다.

"솔직히 자네가 이 정도로 활약할 줄은 기대하지 못했네. 대통령께서도 칭찬이 자자하니 수뇌부와 상의해서 상설기구로 만들까 하는데 어떤가?"

총장이 물었다.

"필요한 기구라고 생각합니다."

승우는 거침없이 대답했다. 의문사나 억울한 사건을 재조명하는 총력 수사팀. 수사의 마지막 보루인 검찰이라면 그런 부서 하나쯤은 있는 게 옳았다.

"푹 쉬시게. 지금은 그게 국민을 위하는 일이야."

총장은 승우의 어깨를 두드려주고 돌아갔다.

"송 검사!"

마지막까지 남은 건 부장검사들이었다. 그중에서도 오 부장은 만감이 교차하는 표정이었다.

"지금 우시는 겁니까?"

승우가 농담 삼아 물었다.

"솔직히 반반일세. 자네가 다친 걸 보니 미안해서 몸 둘 바를 모르겠고, 또 초대형 사건을 해결했으니 선배 검사로서 뿌듯하고……."

"그럼 좋은 쪽에다 포커스를 맞추세요."

"미안하네."

"부장님……."

"자네 볼 때마다 그런 생각이 드네. 같은 검사지만 누구는 놀고먹고 누구는 온몸으로 사건에 뛰어들고……. 이제야 말이지만 자네를 통해 많이 배운다네."

"부장님도……."

"뒤처리는 내가 총력 지원할 테니까 아무 걱정 말고 푹 쉬게."

"알겠습니다."

"아니지. 자네도 부모님 여의고 아직 총각이라 간병할 사람도 없지 않나? 내가 구해다줘도 되겠나?"

오 부장이 물을 때였다. 그 어깨 뒤에서 씩씩한 목소리가 들려왔다.

"간병할 사람이 왜 없다고 그러세요?"

소리를 들은 승우가 귀를 쫑긋 세웠다. 어리지만 당당하고 씩씩한 소리. 바로 규리의 목소리였다. 규리는 새하얀 옷을 입고 들어섰다. 그 뒤로 네 여자가 보였다. 청풍댁, 상주보살, 그리고…….

유정하!

맨 뒤에 선 유정하가 승우를 향해 찡긋 윙크를 날렸다. 뉴스를 듣고 출동(?)한 모양이었다.

"아이쿠, 이제 보니 우리 송 검이 인기 폭발이었군. 그럼 우리는 안심하고 가겠네."

오 부장은 부장단을 몰고 병실을 나갔다.

"아저씨……."

규리가 다가섰다.

"규리야……."

"뭐예요? 나쁜 놈들은 팍팍 잡아야지 다치기나 하고…….

규리가 귀엽게 눈을 흘겼다.

"미안, 나도 슈퍼맨이 되고 싶은데 하늘을 나는 망토가 없네."

"망토 대신 이건 어때요?"

뒤에 있던 유정하가 수건을 펼쳐 보였다.

"수건?"

"잠깐 참아요. 방송에도 나오는 사람 얼굴이 이게 뭐예요?"

유정하는 물 묻은 수건으로 승우의 얼굴과 목을 닦기 시작했다.

"정하 씨……."

괜한 뻘쭘함에 버둥거리는 승우.

"가만히 있어요. 자기는 남의 속옷도 다 벗기고 입히는 주제에……."

"그, 그건… 치료 때문에……."

"이것도 치료라고요. 위생 치료!"

물수건으로 즉석 세수를 끝낸 정하, 천장에 매달린 승우의 다리를 툭 치며 일어섰다.

"으아악!"

깁스 안에 통증이 전달되자 승우는 자지러지는 비명을 질렀다.

"살인범 때려잡는 검사가 웬 약한 척?"

한 번 더 승우 다리를 톡 건드리는 정하.

"우워어!"

승우의 비명 속에 여자들의 웃음소리가 묻어났다. 눈물이 찔끔 나지만 승우, 행복한 순간이었다.

3장
혼자 움직이는 휠체어

"송 검사님!"

휠체어를 밀던 정하가 저무는 하늘을 보며 입을 열었다.

"왜요?"

승우는 목이 젖혀지도록 고개를 들었다.

"아까 이모님이 뭐라고 그러신지 알아요?"

정하의 입가에는 미소가 번져 있다.

이모와 정하!

승우가 입원한 일주일 동안 많이도 친해졌다. 이제는 아예 대놓고 수군거리는 사이가 되었다.

어쩌다가 승우가,

"둘이 내 흉보는 거 아니죠?"

하고 물으면 둘은 허리를 잡고 깔깔거린다. 여자 둘의 수상한 조합. 왠지 찜찜한 승우였다. 왜냐고? 여자는 변덕이 심한 동물이니까. 진짜 그러냐고?

'물론이지!'

승우는 확신했다. 그건 정하만 봐도 알 수 있다. 정하는 카멜레온이다. 표정이 자유자재로 변한다. 아까도 그랬다. 시키지도 않은 승우 발가락을 주무를 때는 마치 엄마처럼 굴더니 이모가 들어서자 규리 또래의 아이처럼 귀요미 작렬이다. 아주 샤방거리기까지 했다.

공손한 말투에 다소곳한 미소.

비타민 탱탱한 럭비공이 조신 얌전한 소녀로 변신하는 것이다.

쩝!

승우는 대답을 미루고 입맛만 다녔다.

"왜요? 말하기 싫어요?"

"뭐 그런 건 아니지만……."

"이렇게 비협조로 나오면 이모님께 다 까발릴 거예요."

"뭘요?"

"몰라서 물어요? 무자비하게 내 속옷 벗긴 테러 말이죠."

"정하 씨……."

승우가 울상을 지었다. 이제 그만 우려먹어도 되려만 시시때때로 재탕 삼탕을 하는 정하였다.

"아니면? 검찰 직원들 오면 말해줄까요?"

"됐습니다. 이모가 뭐라고 그랬는데요?"

"우리가 잘 어울린다고요."

푸헐!

"뭐예요? 지금 그 표정은?"

"아니… 갑자기 다리가 땡겨서……."

"아까 발가락 주무를 때는 괜찮다면서요?"

"그때는 괜찮았는데……."

"싫다는 거죠?"

정하의 두 눈이 쌍도끼로 변했다.

"딱히 그런 뜻이 아니라……."

"됐어요. 나도 농담이었거든요. 남자가 진짜 무드없게스리……."

정하는 휠체어를 팽개치고 앞서 걸었다.

"어, 어딜 가요?"

"퇴원 수속해야죠? 내일 퇴원하라잖아요."

"그걸 왜 정하 씨가?"

"이모님이 나한테 일임하셨거든요."

"……."

정하는 볼멘소리를 남기고 1층 로비로 들어갔다. 괜한 웃음이 나왔다.

고맙기도 하고 황당하기도 한 아가씨. 요 며칠 새 정하는 거의 출근하다시피 병원에 들렀다. 물론 승우 때문이었다. 두 다리에 깁스를 한 승우는 영락없이 심각한 장애인이었다.

그런데!

더 심각한 건 옆 침대였다.

승우의 병실은 2인실. 옆 침대의 주인은 70대의 할아버지였다. 승우보다 이틀 늦게 들어온 그는 낙상하여 골반 치료를 받고 있었다. 노인의 눈에 승우와 정하는 딱 부부로 보인 모양이다.

"아이고, 요즘도 저런 부부가 있었네?"

첫마디부터 부러움 작렬이었다.

"우리 아들놈도 저런 처자 하나 데려올 것이지 이건 처먹으면 자빠져 자고 시아버지 입원해도 코빼기도 안 비치니……."

할아버지는 아침부터 저녁까지 침이 마를 지경이었다.

유정하!

승우보다 그녀가 화제의 주인공이 되었다.

"누구예요?"

처음에는 조심스레 묻던 나수미와 수사관들도 이제는,

"피앙새가 있었군요."

…로 바뀐 눈치였다.

어윽!

승우는 머리를 벅벅 긁었다. 그래도 비듬은 안 떨어진다. 이 또한 유정하의 작품이었다. 검사 체면이 있지 않냐며 매일 머리까지 감기기 때문이었다.

승우는 나무 그늘 아래로 휠체어를 굴렸다. 두 팔은 멀쩡하므로 휠체어를 미는 건 문제가 없었다. 하지만 아직 휠체어 초보자. 벽돌 한 장 높이의 턱 선이 승우를 막아섰다.

'어쭈?'

보기에는 아무것도 아닌 것. 하지만 그 작은 높이가 주는 절망은 작지 않았다. 가속을 받아도 넘지 못하는 것이다.

'오냐, 나도 오기가 있지.'

승우는 괜히 불끈하는 마음으로 물러섰다. 최대한 가속을 해볼 생각이었다.

그런데, 휠체어는 아주 쉽게 턱을 올라섰다. 누군가 승우를 밀어주었다. 돌아보니 40대의 중년 여자가 서 있었다.

"송승우 검사님?"

여자는 착한 미소를 머금으며 물었다.

"그런데요?"

"저는 산내들 요양병원에 근무하는 요양보호사 김애순이라고 합니다."

여자는 묻지도 않은 자기소개를 좔좔 토해놓았다.

"아, 네……."

"실은 검찰청으로 찾아갔었는데 병원에 계시다고 해
서……."

"……."

"수사관님들이 안 가르쳐 주길래 복도에서 대화를 몰래 엿
들어 병원을 알아냈습니다. 죄송합니다."

김애순은 깍듯이 고개를 숙였다.

"제게 하실 말씀이 있으신가요?"

"네, 시간 좀 내주실 수 있을까요?"

"이미 낸 거 같은데요?"

승우가 웃었다.

"고맙습니다."

김애순은 휠체어를 밀더니 수평을 이룬 평지에 정지시켰다.
그런 다음 브레이크까지 잡아 편안하게 고정시켰다. 휠체어에
익숙한 모습이었다.

"능숙하신데요?"

승우가 웃었다.

"요즘 밥 먹고 하는 일이 휠체어 미는 거니까요."

"그렇군요."

"신문을 보다가 검사님을 알게 되었는데……. 초자연 검사, 무속 전문 검사 그런 말이 있더군요."

"네. 어쩌다 보니……."

"실은 그 문제로 뵈러 왔어요."

김애순의 목소리가 심각하게 변했다. 동시에 승우의 얼굴에도 웃음이 칼날처럼 잘려 나갔다.

"이런 말… 아무도 안 믿지만……."

김애순은 승우를 바라보며 뒷말을 이었다.

"혹시 저승사자가 휠체어에도 있을까요?"

저승사자?

그게 왜 휠체어에?

시선을 들어 올린 승우는 눈빛을 거두지 못했다. 이 여자, 대체 무슨 말을 하려고…….

휠체어 저승사자.

그녀가 그런 말을 하게 된 데는 이유가 있었다.

김애순은 지자체 소속으로 요양보호사를 시작했다. 젊은 날, 장르소설 출판사에서 교정을 보던 김애순. 나이를 먹으니 딱히 받아주는 곳이 없어 요양사 자격증을 땄던 것. 지자체에서 하는 일은 가정방문 요양이었다. 집으로 찾아가 나이 먹은 어르신들을 돌봐주는 게 그녀의 몫이었다.

처음에는 보람도 있었다. 하루 종일 가족과 떨어져 있어야 하는 할머니였다. 장애가 있지만 인격이 고매해 김애순과 좋은 말동무가 되었다. 그러다 할머니가 죽었다. 그 후로 돌봄 대상자들이 바뀌고 소소한 스트레스가 쌓이기 시작했다.

마침내 엄청난 사고가 생겼다. 그 주인공은 할아버지였다. 주로 여자만 돌보다가 남자를 보게 된 김애순, 우려하던 결과가 나오고 말았다. 쑤시는 무릎을 주무르는 김애순을 할아버지가 껴안은 것이다. 그것도 딱 가슴을 노리고.

그것만으로 그친 게 아니었다. 노골적으로 성기를 내놓는가 하면 가슴을 만지게 해달라느니 하며 치근덕거렸다.

진상!

소문으로만 듣던 진상과 맞닥뜨린 것이다. 사실 가정방문 요양보호사들은 크고 작은 스트레스에 시달렸다. 어떤 사람은 마치 가정부처럼 부려먹으려 들었고 또 어떤 사람은 인격을 무시하기도 했다.

애를 끓이던 차에 사설 요양원에서 자리가 났다. 입사 초짜인 김애순에게 배정된 업무는 입원자 휠체어 산책시키기와 휠체어 관리. 타고 내릴 때 조금 힘들긴 했지만 나쁘지 않았다. 요양원 공기가 좋아 김애순도 산책한다고 생각하니 더불어 즐거웠던 것.

그런데!

첫 번째 사고가 났다. 한 할아버지가 심장마비로 목숨을 마감한 것이다. 물론, 요양원에서 사람이 죽는 건 낯선 일이 아니었다. 중증 요양자들까지 있던 터라 한 달이 멀다하고 죽어나가는 사람이 있었기 때문이었다.

"그럼 그냥 일상적인 일 아닙니까?"

듣고 있던 승우가 고개를 들었다.

"조금만 더 들어주시겠어요?"

김애순은 조용한 미소로 이야기의 꼬리를 붙였다.

처음에는 그냥 넘어갔다. 더러는 멀쩡한 환자도 밤사이에 심장마비로 저승으로 가는 경우가 있는 요양원이었다.

"두 번째 경우를 당하니 슬슬 이상한 생각이 들기 시작했어요."

두 번째 사망.

이번에는 할머니였다. 개인적으로 김애순이 좋아하는 환자였다. 치매가 있지만 잘 웃던 할머니. 치매 말고는 그 흔한 당뇨도 없던 분이라 최소한 3년은 문제가 없을 것으로 보던 환자였다.

그 할머니가 죽었다. 그녀 또한 심장마비였다. 물론, 아무도 의아하게 생각하지 않았다. 하지만 김애순만은 고개를 갸웃거렸다. 그녀를 태웠던 짝짝이 손잡이 휠체어 앞에서.

휠체어!

그 휠체어…….

김애순은 알게 되었다. 지난번에 죽은 할아버지도, 이번에 죽은 할머니도 모두 그 휠체어에 탄 날 밤에 죽었다는 사실. 물론, 다른 사람도 그 휠체어를 타기는 했었다. 그러니 타는 족족 운명하는 건 아닌 상황. 그렇다고 해도 두 명이 거푸 죽으니 뭔가 이상한 느낌만은 떨칠 수가 없었다.

"특별한 휠체어인가요?"

승우가 물었다.

"많이 특별하죠."

김애순이 고개를 끄덕였다.

"어떻게 말인가요?"

"그 휠체어… 사실 혼자서도 움직여요."

"……?"

"안 믿기시죠?"

"예……."

"당연해요. 저도 그랬으니까요. 그런데 진짜 혼자 움직여요."

"보셨단 말이군요?"

"아뇨. 보지는 못했어요. 하지만 매주 토요일 아침이면……."

휠체어실 문 앞에 와 있다!

김애순의 요지는 그거였다.

〈산내들 요양병원〉

이곳에는 휠체어 보관실이 있었다. 작은 창고 같은 곳으로 휠체어를 넣어두는 곳. 김애순은 그곳 관리를 맡고 있었다. 요양원에 있는 휠체어는 합해서 열아홉 개. 김애순이 말하는 휠체어는 바퀴가 좀 빡빡해 자주 사용하지 않는다. 말하자면 예비용이었다. 때문에 언제나 안쪽 구석에 두는 게 원칙이었다.

그런데!

아침에 문을 열면 문 앞에 와 있었다. 언제나 토요일이면.

"토요일이라고요?"

승우가 고개를 들었다.

"네, 토요일요. 다른 날에는 그 자리에 있어요."

"착각이거나… 혹은 바퀴가 달렸으니 고정이 잘못돼서 그런 거 아닐까요?"

"저도 처음에는 그렇게 생각했어요."

"……?"

"하지만 아니었어요. 어떤 날은 일부러 다른 휠체어로 앞을 막아두어도 기어이 문 앞에 와 있더라고요. 그리고 한 번은……."

정문 앞까지 나가 있었단다. 김애순이 깜박 관리실 문을 잠그지 않은 날이었다. 누군가 타고 나갔다가 두고 왔나 싶었지만 그런 사람은 없었다.

"CCTV 같은 게 있나요?"

"없어요."

"······."

"원무과장님께 슬쩍 언질을 주었는데 저를 되레 이상한 눈으로 보더라고요. 가뜩이나 입원자가 줄어 정신 사나운데 헛소리한다고······. 잘못하면 일자리 잃을 거 같아서 더 말하지 않았는데 사람이 죽고 보니······."

"요지는 두 가지로군요. 휠체어가 저 혼자 움직이고, 그 휠체어를 탄 사람이 둘이나 죽었다?"

"네."

"그럼 전에는요? 전에도 그 휠체어로 인한 사고가 있었나요?"

"아뇨. 전임자에게 물어봤더니 자기는 그 휠체어를 사용하지 않았다고 하더라고요. 바퀴가 빡빡해서 타기 힘들다고······."

"그런데 왜 김애순 씨는?"

"요즘 요양원 사정이 안 좋아서 휠체어 구입을 잘 안하거든요. 다른 것들이 오래되다 보니 그것도 그럭저럭 쓸만 한 축에 들어가게 되었어요."

"요양원이 과거에 비해 더 잘되는 거 아닙니까? 노인 인구가 늘어나니……."

"그건 다른 요양원들이겠죠. 요양원마다 사정이 달라요."

"……."

"아, 한 가지 더 있어요."

"더요?"

"그 짝짝이 손잡이 휠체어… 바퀴가 좀 **빡빡**하거든요. 이건 제 착각일 수도 있는데요, 죽은 두 분들… 밀다 보니 무게감이 사라졌던 거 같아요. 마치 무게가 다 빠져나가고 종이를 태운 것처럼……."

승우의 시선에 김애순의 시선이 마주쳤다.

"다 그런 건 아니고 그 두 사람만요?"

"예."

"이유가 뭘까요? 짚이는 거 없나요?"

"생각하다 보니 한 가지 공통점이 있기는 했는데……."

"뭐죠?"

"두 사람은 그 휠체어를 갖다 버리라고 화를 냈어요. 바퀴가 빡빡해서 타기 싫다고……."

"그 휠체어를 싫어했다는 거로군요?"

"예."

"알겠습니다. 퇴원하면 제가 한번 나가보죠. 그때까지는 그 휠체어를 사용하지 마세요."

"네!"

김애순이 돌아섰다. 뒷모습은 좀 지쳐 보였다.

승우, 사실은 김애순의 정신병력을 물어보고 싶었다. 하지만 그러지 못했다. 그래도 명색이 자칭타칭 초자연 무속 전문 검사. 현상을 알아보지도 않고 상담자를 의심하는 건 타성에 젖은 50대 고참 검사쯤에 해도 늦지 않을 일이었다.

'혼자 움직이는 짝짝이 손잡이 휠체어라?'

이런 건 몇 가지 가능성이 있을 수 있었다. 우선, 바닥 경사다. 보관실의 바닥면에 경사가 있다면 혼자서도 움직일 수 있다. 또 하나는 다른 사람이 건드렸을 가능성. 김애순이 휠체어 담당이라지만 다른 관리자들도 드나들 수 있는 일.

그 밖에도 많은 사람이 휠체어를 쓴다면 누군가 휠체어를 건드렸을 가능성이 산재하고 있었다.

그래도!

'토요일……'

그건 마음에 남았다. 열심히 일하고 주말을 기다리는 사람들처럼 휠체어도 주말을 즐기려는 걸까?

'우리에게도 주말을 보장해 달라!'

사무기기와 도구들이 시위하는 모습을 상상하니 풋 웃음이 나왔다.

아무튼!

며칠은 달콤한 휴식이었다. 이제 뼈가 아문 승우, 다시 세상의 별난 사건들이 그를 기다리고 있었다.

다시, 출격이었다.

＊   ＊   ＊

다음 날, 승우는 퇴원 수속을 밟으러 가다가 응급실 앞에서 조기호를 만나게 되었다. 그가 승우 퇴원 축하차 온 걸까? 그건 아니올시다였다.

"아, 진짜 골치 아파 미치겠습니다."

응급실 앞에 선 조기호가 고개를 저었다.

"사건이야?"

"그게 아니고 저 꼬맹이 때문에 이러는 거 아닙니까?"

조기호가 가리킨 곳에 앰뷸런스가 보였다. 거기서 어린 환자가 내려지고 있었다. '시인 자살사건'의 그 아이였다.

"어떻게 된 거야?"

승우가 물었다.

"아버지 죽고, 엄마도 죽고 혼자 남았지 않습니까? 병원에서는 식물인간과 뇌사의 중간이라 가망이 없다는데 어린이 시민 단체 하나가 태클을 걸었습니다. 검찰이 애를 방관해서 죽이고 있다고."

"시민단체?"

"뭐 이 병원에 뇌 권위자가 있다나요? 그냥 뒀다가 두고두고 후환이 될 것 같아서 옮겨오기는 했는데 이게 무슨 생쑈인 지 모르겠습니다."

"말조심해. 생쑈라니?"

"아니면 뭡니까? 뭐 그쪽 의사는 면허를 뒷구멍으로 땄겠습니까? 깨어날 가망 없다는 애를 이리저리 옮기는 것도 가혹행위입니다. 차라리 장기기증을 하는 게 낫지."

조기호의 말을 흘리며 승우는 아이를 바라보았다. 투명한 산소마스크조차 힘겨워 보이는 아이. 아이를 데려온 간호사가 이 병원 의료진에게 인계하며 작별의 인사를 건넸다.

"민아, 꼭 깨어나야 해. 알았지?"

며칠 사이에 정이 든 걸까? 손을 흔드는 간호사의 눈시울이 젖었다. 그리고……. 그 아이의 침대가 승우 앞을 지나갈 때였다. 팔목에 달린 환자 손목띠가 눈을 차고 들어왔다.

"……?"

(송민)

아이의 이름이 민이었다. 게다가 성 씨는 송…….

송민?

그러고 보니 시인의 이름이 송한길이었다.

"아, 저거 연고자도 없는데 두고두고 골치 아프게 생겼네."

조기호의 투덜거림은 귀에 들어오지 않았다.

아이…….

핏기 하나 없지만 갸름하고 해사한 얼굴…….

승우…….

홀렸다.

뭘까?

이 아뜩한 이끌림…….

문득 손목을 내려다보는 승우. 묘한 기분에 고개를 저었다.

'내가 무슨 생각을…….'

승우는 유정하와 수사관들이 기다리는 로비로 발걸음을 옮겼다.

*　　　　*　　　　*

"환영하네!"

지검장은 현관까지 나와 승우를 반겨주었다. 동료 검사들과 간부들도 승우를 기꺼이 맞았다. 한 주가 지나고 출근한 지검은 변한 게 없었다.

"송 검, 이러다 진짜 대검으로 영전해서 가는 거 아니야?"

양 부장이 농담을 던지자,

"대검가지고 됩니까? 그 위에서도 채가겠네."

장석호 부장도 맞불을 놓았다.

"아, 다들 왜 이러십니까? 우리 송 검은 검찰의 꽃입니다. 검사가 왜 청와대로 간단 말입니까?"

오 부장이 나서서 교통정리를 했다.

진짜 검사는 청와대에 가지 않는다.

그건 정통 수사검사들의 신념이었다. 정치검사들과는 가는 길이 다른 것이다.

"가시죠."

길잡이는 차도형이 자처했다. 듬직하게 앞장서는 차도형. 어깨만 봐도 믿음이 갔다. 사람 마음이 이렇다. 전에는 건들거려 보여 영 미덥지가 않던 그였지만 마음을 다해 동고동락하는 동안에 신뢰가 싹을 틔웠다.

"차 수사관!"

뒤따라 걷던 승우가 차도형을 불렀다.

"예?"

"나 인사 아직 안 했지?"

"무슨 인사 말입니까?"

"기도원!"

"기도원 뭐요?"

"성전에서 아주 멋졌어. 눈 뒤집힌 신도들 막아서던 그 기백…… 진작 말해야 했는데 워낙 사람들이 북적거리다 보니 잊어버렸네?"

"흐음, 병원에서 미녀가 옆에 있어 그랬던 건 아니고요?"

슬쩍 딴죽을 걸어보는 차도형.

"아이고, 말도 마. 유정하 씨 보통내기 아니거든."

"에이, 진짜 비호감스럽게……. 그 아가씨 집이 빵빵하다면
서요? 제2의 김혁 검사님 나왔다고 다들 수군거리던데?"

"빵빵?"

"자꾸 그러시깁니까? 그분 부친께서 부총리 출신에 엄청난
기업가라고……."

"그게 나하고 무슨 상관인데?"

"결혼… 하시면……."

"차 수사관!"

승우의 목소리가 빼액 올라갔다.

"소리 지르시는 거 보니 더 수상하네. 설마 날 받은 건 아니
죠?"

"됐어. 사람이 말을 해도 믿지를 않으니……."

발끈한 승우가 차도형을 앞서갔다.

"검사님!"

"왜?"

"저도 실은 집사람 사귈 때 신부감은 아니라고 우겨 세우다
가 코 꿰었거든요. 경험자가 말하면 들으세요."

"뭘?"

"두 분 궁합이 잘 맞더라고요."

차도형이 웃었다.

별관 안에는 방문객들이 있었다. 그것도 꽤 많았다.

짝짝짝!

승우가 들어서자 방문객들은 일제히 박수를 쳐주었다.

"사이비 종교에 빠졌던 신도들의 가족 분들이십니다. 검사님이 오늘 퇴원한다는 소문을 듣고 아침부터 오셨길래……."

유 과장이 나서 자초지종을 알려주었다. 유완모 계장, 이제 발령장까지 받았으니 한 직급 올려서 불러주는 게 옳았다.

"검사님, 정말 고맙습니다."

"고맙습니다. 덕분에 우리 집사람이 가정으로 돌아왔습니다."

"아버님을 수렁에서 건져 주셔서 고맙습니다."

방문객들은 입을 모아 고마움을 전했다.

"다행이군요. 앞으로 화목하게 사세요."

승우는 그들 하나하나의 손을 잡아주며 마음을 나누었다.

교주 박 목사가 죽자 기도원은 바로 폐쇄되었다. 그가 축재한 돈은 출처를 확인 중이었다. 가능하면 피해자들에게 다시 돌려줄 생각이었다.

다행히 인체 발화는 그럭저럭 넘어갔다. 당시 승우를 제외

하고 유일한 현장 목격자였던 유 집사. 그가 충격으로 실어증에 걸린 게 도움이 되었다.

유 집사가 받은 충격은 엄청난 모양이었다. 발화 당일에는 범행 자백과 암매장 장소 등에 대해 입을 열었지만 자고 난 후부터 변했다.

패닉!

한마디로 그 상태였다. 그는 모든 것을 잃었다. 그가 철석같이 믿던 메시아 박긍진. 그러나 알고 보니 사기꾼에 불과한 인간. 그의 그림자를 자처한 유 집사로서는 하늘이 무너진 것과도 같았을 일이었다.

"나 없는 사이에 진행된 사건 있나요?"

방문객들이 돌아간 후에 승우가 물었다.

"크게 진행한 건 없고 관할서에 이첩한 사건들은 여기 있습니다."

유 과장이 보고서를 내밀었다. 두툼하다. 좁은 땅덩어리지만 사건은 셀 수도 없이 많았다. 처리하고 해결해도 쌓이고 또 쌓이는 것이다.

"그리고 이따가 방송국에서 기자들이 온다고……."

"기자요?"

"예, 업무 때문에 곤란하다고 해도 막무가내네요."

"잘됐군요. 저 지금 출장 나가려던 참인데?"

"예?"

"나 수사관, 운전 좀 해줄 수 있을까?"

승우가 나수미에게 눈길을 돌렸다.

"영광이죠. 어디로 모실까요?"

나수미는 단박에 자리를 털고 일어섰다.

"그럼 기자들은?"

유 과장이 울상을 지었다.

"과장님이 알아서 인터뷰하세요. 저는 나갑니다."

"검사님, 검사님!"

유 과장의 외침이 따라왔지만 승우는 모른 척 걸었다.

방송은 성가시다. 인터뷰는 더 골치 아프다. 수사검사가 수사나 충실히 하면 됐지. 승우는 조수석에 올라앉았다.

"목적지는요?"

시동을 켠 나수미가 물었다.

"산내들 요양병원."

승우는 주소를 건네고 안전띠를 당겨 버클을 채웠다.

"휠체어 사건이군요?"

나수미, 감을 잡은 눈치였다.

"김애순 씨, 나 수사관이 만났어?"

"예, 하지만 병원은 안 가르쳐 줬는데……."

"세상에 비밀이란 건 없거든. 수사관들 대화를 엿들었다고 하더라고."

"죄송합니다."

"아니야. 어차피 우리가 해결할 일이라면 피해서도 안 될 테니까."

승우는 수사관들을 탓하지 않았다.

*　　　*　　　*

산내들 요양병원!

서울과 경기도의 접경 지역이었다. 큰길 뒤에 자리를 잘 잡았다. 그 뒤로는 야트막한 야산이 날개처럼 펼쳐졌다. 그래서인지 공기가 좋았다.

"송승우 검사입니다."

사무실에 들어선 승우가 신분을 밝혔다. 원무과장은 예민하게 생긴 중년의 남자였다.

"어쩐 일로?"

차를 가져온 그는 경계심부터 앞세웠다. 혹시라도 병원 불법을 조사하러 나온 건가 긴장한 표정이었다.

"며칠 전에 사망자 나왔죠?"

승우는 그쪽으로 가닥을 잡았다. 김애순을 팔면, 그녀에게 불이익이 갈 수도 있기 때문이었다.

"그렇긴 합니다만 그 일은 경찰에서 조사를 마감했는데……."

"다른 건 아니고 휠체어 좀 볼 수 있을까 싶어서요."

"휠체어를요?"

"다른 요양원에서 휠체어 사고가 났어요. 그래서 혹시 휠체어에 구조적인 하자가 있는 건 아닐까 조사 중이라 함께 알아보고 있습니다."

"아, 그래요?"

원무과장의 표정이 확 펴졌다. 자기들과는 무관하다는 안도감 때문이었다.

"거 김애순 씨 좀 불러요."

원무과장이 사회복지사에게 지시를 내렸다. 오래지 않아 김애순이 허둥지둥 달려왔다.

"여기 검찰청 검사님이신데 휠체어에 대해서 알려드리세요."

과장은 김애순에게 공을 넘겼다.

"사용 중인 휠체어들 하고 실태 좀 볼 수 있을까요?"

승우는 자리를 털고 일어섰다. 김애순은 금방 따라 나오지 않았다. 원무과장이 슬쩍 부른 것. 승우는 내색하지 않고 복도로 먼저 나왔다.

"괜한 소리하지 말고 그냥 안내만 하세요!"

과장은 김애순에게 못을 박았다. 저번에 김애순이 했던 말을 기억하고 있는 것이다. 그런 말은, 요양원 입장에서 좋을 게 하나도 없었다.

"알겠습니다."

김애순은 공손히 답을 남기고 물러났다.

"이쪽으로 오세요."

복도로 나온 김애순이 앞서 걸었다. 승우와 나수미를 그녀를 따라갔다.

요양원······.

양로원과 노인병원의 결합이랄까? 장애나 질환이 있으면서 들어온 사람에게는 24시간 돌보미가 있는 병원이었고, 거동이 가능한 사람에게는 양로원과 같았다.

김애순은 운동 시설을 지나갔다. 탁구대에서는 할머니 둘이 탁구를 치고 있었다. 연결 통로를 지날 때는 바깥 풍경이 드러났다. 건물 뒤편에 설치된 잔디 위에서는 게이트볼 시합이 한창이었다.

"여기가 휠체어실이에요."

복도를 걷던 김애순이 작은 문 앞에서 멈췄다.

"휠체어들은 다 나와 있나요?"

승우가 물었다. 복도 끝에 놓인 두 개의 휠체어를 본 까닭이었다.

"대부분은요. 그날그날 필요에 따라 사용하기 편한 장소에

미리 비치해 두고요, 밤이 되면 응급용만 두고 수거해요. 혹시라도 어르신들이 마음대로 타고 다니면 사고가 날 수도 있어서……"

대답과 함께 김애순이 자물통을 열었다.

끼이익!

경첩의 낮은 비명과 함께 문이 열렸다.

"……!"

순간, 승우는 숨이 터억 막혔다.

"나 수사관!"

"예?"

"나는 여기 체크할 테니까 이분 따라가서 사용 중인 휠체어들 체크하고 와요."

"알겠습니다."

나수미와 김애순의 발자국이 멀어졌다. 그때까지도 승우는 움직이지 않았다. 영기를 감지하고 날아오른 민민도 마찬가지였다.

휠체어…….

김애순이 말한 그 휠체어… 노란색과 파란색의 짝짝이 손잡이…….

거기 있었다. 하얀 연기 같은 아련한 영기. 늙은 할머니의 영기가.

딸각!

승우는 등 뒤로 손을 밀어 문을 닫았다. 그러고도 한동안 영기를 주시했다. 영기는 전혀 반응을 보이지 않았다. 그저 손에 뭔가를 쥔 채 아련하게 일렁거릴 뿐.

"할머니!"

승우가 입을 떼자, 할머니는 순식간에 사라져 버렸다.

"안 보여요!"

단숨에 휠체어까지 날아간 민민이 소리쳤다. 승우는 침착하게 보관실 안을 둘러보았다. 영기는 보이지 않았다. 보이는 건 다른 주검의 희미한 흔적들뿐.

어디로 간 걸까?

그리고, 누구일까?

원무과로 나온 승우는 요양원 생활자 신상 전부를 요청했다.

현재 인원부터 퇴원한 인원, 나아가 사망한 사람들까지.

과장은 찜찜한 표정이었지만 거부하지는 못했다. 승우는 입원신청서를 한 장 한 장 뒤지며 사진을 살폈다. 휠체어 보관실에서 본 할머니를 찾으려는 것. 하지만 실패했다. 승우가 본 할머니는 입원자 중에 없었다.

"혹시 신청서를 작성하지 않고 입원하는 경우도 있나요?"

"없는데요."

"그럼 휠체어는 어떤 경로로 들어오나요?"

"그야 물론 우리가 구매를 하거나 기증을 받지요."

기증?

승우가 파뜩 고개를 들었다.

"휠체어 관리 장부도 좀 보여주시죠? 관리자 말이 과장님이 총관리자라던데……."

"그러죠."

과장은 김애순을 쏘아보고는 관리표를 출력해 왔다.

휠체어.

―현재 보유 대수는 19대.

―사용 가능 대수는 14대.

그중에서 기증 받은 휠체어는… 딱 한 대였다.

"이거 날짜를 보니… 요양원 개원일에 들어왔군요?"

"그 휠체어가 문제인가요?"

"그건 아니고요, 대답 부탁드립니다."

"글쎄요. 저도 휠체어는 크게 신경 쓰지 않아서… 어디 좀 볼까요?"

과장이 서류를 받아 들었다.

"아, 이건 이 요양원의 전신인 해송 요양원에서 인수받은 거 네요."

'인수?'

"우리 요양원이 이 자리에 있던 해송 요양원을 인수해서 확장 개원을 했거든요. 그때 도합 아홉 대의 휠체어를 받았는데 다 망가지고 이것만 남았습니다. 그렇잖아도 너무 오래되어 폐기하라고 했던 거 같은데 왜 아직 남아 있지?"

과장은 김애순을 바라보았다.

당신, 몰라?

그런 눈빛이었다.

"제가 인수받을 때는 목록에 있었어요."

김애순이 대답했다.

"그럴 리가? 잠깐만요."

과장이 전화를 집어 들었다.

"안녕하세요? 나 산내들 원무과장인데 뭐 좀 물어볼 게 있어서……."

대화를 들으니 내부가 아닌 모양이었다. 승우는 잠시 휴식을 취했다.

"아니, 그게 말이 됩니까?"

통화하는 과장의 목소리가 올라갔다.

"나참, 당신들이 그따위로 일하니까 예전 요양원이 부도나고 우리까지 이미지가 안 좋은 거라고요. 에잇!"

과장은 거칠게 전화를 끊었다. 승우와 나수미, 김애순의 시선이 몽땅 과장에게 쏠려갔다.

"이 인간, 예전 요양원에서 인수한 직원이었는데 몇 해 전까지 복지업무 맡으면서 휠체어 관리를 겸했거든요. 그런데 말하는 꼬락서니 하곤……."

"뭐라고 그러는데요?"

승우가 물었다.

"글쎄 그게 말도 안 되는 핑계를……."

"……."

"그때 그 휠체어를 폐기하려고 했는데……."

봄 일제 재물조사 때는 보이지 않았단다. 그래서 패스.

가을 조사 때는 분명 폐기물 더미에 내다놓았단다. 그런데 다음 날 보니 보관실에 그대로 있더란다. 마침 전날 복지사 대학동창회에서 과음을 했던 이 사람, 숙취로 인한 두통 탓에 어제 일이 가물거려 그냥 넘어갔단다.

휠체어는 그렇게 오늘까지 넘어왔다. 당시만 해도 요양원 원장이 권력자와 친분이 있어 심심찮게 기증이 잇달았다. 하지만 그 권력자가 국회의원 공천에서 밀리는 바람에 상황이 급변했다.

후원자도, 기증자도 뚝 끊어져 버린 것.

일이 이렇게 되니 상황이 변했다. 이제는 버린 휠체어도 주워다 고쳐 쓸 판이었다. 그 뒤로 입사한 김애순 역시 웬만하면 고쳐 쓰라는 식의 업무 인수를 받은 참이었다.

그러니까!

문제의 휠체어는 산내들의 전신인 예전 요양원에서 넘어온 것.

"혹시 전 요양원에서 넘어온 직원들 중에서 아직 근무하는 분이 있나요?"

가닥을 잡은 승우가 물었다.

"아뇨. 지금은 다 물갈이가 되고 한 사람도 없습니다."

과장이 대답했다.

"과장님……."

그러자 듣고 있던 김애순이 어렵게 끼어들었다.

"왜요?"

바로 퉁명스레 쏘아붙이는 과장.

"수위 아저씨가 그때부터……."

"아줌마, 아줌마가 뭘 안다고……."

발끈하는 과장을 승우가 막아섰다.

"그 사람 좀 불러주세요."

승우가 요청했다.

"지금 없습니다. 주야 2교대라 밤 여덟 시나 되어야 나오거든요."

"기다리죠!"

승우가 받아치자 과장의 얼굴은 똥색으로 변했다. 어떻게든 귀찮은 승우를 떼어내고 싶던 과장. 하지만 그 정도에서 물러날 승우가 아니었다. 휠체어에 올라앉은 영기까지 본 승우가 아닌가?

요양원에 해가 기울었다.

저녁 7시 40분에 나온 수위, 처음에는 딱 잡아뗐다. 그 사이에 과장이 조치(?)를 취한 모양이었다. 승우가 웃었다. 짐작이 가는 일이었다.

"직원들이 협조를 안 하니 내일 정식으로 소환장을 보내야겠습니다. 과장님도 함께 들어오십시오!"

승우, 퇴근하지 않고 뒤에서 지시를 내리던 과장에게 엄포를 놓았다. 과장의 태도는 단숨에 바뀌었다.

"아닙니다. 그 양반들이 뭘 몰라서 그러는 모양인데 협조하라고 제가 교육하겠습니다."

승우는 느긋하게 기다렸다.

잠시 후에 다가온 수위는 한풀 제대로 죽은 모습이었다. 승우는 그를 데리고 휠체어 관리실로 향했다. 김애순은 휠체어를 닦고 있었다. 그녀 역시 아직 퇴근하지 못하고 있었다.

"……!"

관리실 문이 열리자 또 영기가 보였다. 하얀 할머니… 여전히 아까와 같은 동작. 그녀는 승우를 감지했는지 다시 자취를 감춰 버렸다.

휠체어 앞에 선 승우가 수위를 바라보았다.

"혹시 이 휠체어 아십니까?"

"……."

"아시냐고요?"

"그런데 무슨 일로?"

"여러 가지 조사할 일이 있어서 그럽니다."

"조사……."

수위는 휠체어로 다가가 손잡이를 확인했다. 그런 다음 노란 손잡이를 쓸며 중얼거렸다.

"이 손잡이… 아마 둘 다 노란색이었지?"

"네. 한쪽이 깨져서 다른 것에서 떼어낸 걸로 바꾼 거예요."

김애순이 대답했다.

"석영자 할머니 겁니다."

석영자?

휠체어의 주인 이름이 나왔다. 그리고…….

"잡아가십시오!"

수위, 느닷없이 두 손을 내밀었다.

4장
토요일의 망자령(望子靈)

수위 오동구.

정년을 앞둔 59세의 중장년이었다. 순박한 얼굴을 보니 업무에 충실할 스타일. 그렇기에 부침이 심한 요양원에서 정년을 기다릴 일이었다.

그런데!

무슨 일이 있기에 손목에 수갑을 자처한 걸까?

"오동구 씨!"

승우가 수위를 바라보았다.

"내가……."

수위는 고개를 떨군 채 젖은 소리로 입을 열었다.

"내가 버렸어요. 그 할머니 유골 가루……."

응?

유골 가루?

"할머니가 아들을 키운 진해 근처에 묻어달라는 유언을 남겼답니다. 통장에 그만한 돈도 남았고요. 그런데 그전 원무과장이 진해 앞바다에 뿌리고 오라며 유해 단지에 차비하고 담뱃값에 보태줬어요. 보아하니 원무과장이 묘 쓸 돈 쏵싹하고 바다에 뿌리라기에 저 뒷산에다……."

버려 버렸다.

수위의 자백은 그것이었다.

허얼!

뜻하지 않은 반전. 승우는 어이가 없었다.

석영자 할머니.

요양원에 들어오는 사람들 중에는 보증금을 내는 경우가 있었다. 할머니는 그중 남은 돈으로 자신을 묻어달라고 한 모양. 그런데 그걸 착복하다니. 정말…….

"죄송합니다. 그때는 제가 마침 몸살이기도 해서……."

수위는 연신 허리를 굽실거렸다.

"됐어요. 죄 묻지 않을 테니까 고개 드세요."

"정말입니까?"

수위가 겨우 고개를 들었다. 눈에는 눈물이 그렁하다. 순박한 사람이라 불법 무서운 건 아는 모양이었다.

"화장한 유해를 함부로 버리면 환경폐기물법 위반으로 처벌받습니다. 하지만 협조 잘하시면 기소하지 않겠습니다."

"아이고, 고맙습니다."

"어디다 뿌렸는지 기억하나요?"

"그, 그럼요. 내가 그거 뿌리고 찜찜해서 몇 번을 갔는데요? 결국 그 근처 흙을 한 줌 퍼다가 진해 앞 바다에 뿌리고서야 마음이 좀 편해졌다고요."

수위는 진심이었다. 이래서 선량한 사람은 죄를 짓지 못했다. 혹 짓더라도 양심의 가책에 평생을 시달릴 일이었다.

"안내하세요."

"지, 지금 말입니까?"

"네."

"그러죠."

수위는 마른침을 넘기고 랜턴을 챙겼다.

"아줌마는 이제 퇴근하셔도 됩니다."

승우는 김애순을 먼저 보냈다. 뒤이어 나수미도 차에서 쉬도록 조치를 취했다. 혹 영기를 만난다면 짐이 될 판이었다.

바스락!

깊은 밤, 산에서 밟는 나뭇잎 소리는 언제나 크게 들렸다.

앞서 오르던 수위는 작은 산마루에 올라서야 걸음을 멈췄다.

"저 아래입니다."

수위의 손이 바위더미를 가리켰다. 승우는 바위를 타고 올라갔다.

짤랑!

신방울이 울었다.

"......?"

거기 있었다. 바위 아래로 펼쳐지는 낮은 숲. 그 앞의 공간에서 할머니의 영기가 살랑거리고 있었다. 자초지종은 잘 모르지만 일단 잡아야 했다. 민민의 부름을 받은 친디가 득달처럼 날아갔다.

우어엉!

친디는 영기의 목덜미를 물었다. 하지만 피시싯, 영기는 연기가 되어 사라졌다.

우엉?

친디가 고개를 갸웃거렸다. 친디를 피하는 영기. 처음 보는 광경이었다. 다행인 건 방울의 색이 변하지 않았다는 것. 아무튼 악령은 아닌 것 같았다.

"민민, 찾아봐 줘."

승우가 가만히 속삭였다. 민민은 어둠을 타고 솟구쳤다.

"그 할머니 보호자가 없었습니까?"

까만 어둠으로 덮힌 능선을 돌아보며 승우가 물었다.

"없기는요, 번듯한 아들이 하나 있었죠."

"할머니보다 먼저 죽었나요?"

"웬걸요. 아직도 살아 있을 겁니다. 늘그막에 본 아들이라 이제 겨우 40줄에 접어들었을 걸요. 그 할머니 말에 의하면……."

"번듯하다면?"

"할머니 말이니까 자세한 건 모르지만 아들이 사법고시 합격한 판사라고 그랬어요. 대한민국에서 제일로 멋진 판사라나 뭐라나……."

'판사?'

"잘은 모릅니다. 할머니들 중에는 가끔 맛이 간 분도 있거든요. 치매기가 있는 분들은 자기 멋대로 지어서 꾸며대니까."

"그 할머니도 치매였나요?"

"치매까지는 아니었어요. 가끔 시도 썼는걸요. 하지만……."

수위가 뒷말을 아꼈다.

"괜찮으니까 말해보세요."

"어떻게 보면 치매보다 더했죠."

응?

더하다고?

"할머니 별명이 미스 토요일이었어요. 왜인 줄 아세요?"

따악, 나뭇가지 부러지는 소리에 놀라 승우를 돌아보는 수
위.

"왜죠?"

"토요일만 되면 꽃단장을 하고 정문으로 나와요. 아들을 기
다리는 거죠."

"판사 말인가요?"

"아들이 가면서 토요일에 온다고 했대요. 그 말을 믿고 비
가 오나 눈이 오나 정문에 나왔어요. 아침부터 날이 저물 때
까지."

"아들이 한 번도 오지 않았군요?"

"더러는 제 부모를 여기다 버리고 가는 막장 인간들도 있거
든요."

"판사라면서요? 법원에 연락을 해보지 그랬습니까?"

"그게 아마 전화번호를 가짜로 적어둔 모양이었답니다. 보
다 못한 원무과장이 연락했더니 없는 번호로 나와서……."

토요일…….

토요일이면 보관실의 문 앞으로 나와 있던 휠체어.

그래서였을까?

토요일에 온다는 아들을 기다리기 위해. 죽어서도 그 휠체
어를 타고 나가려고?

"혹시 아들 이름 기억하나요?"

"그럼요. 제가 골백번도 더 들었거든요. 부산지방법원 판사 최지웅. 맞아요, 최지웅이라고 했어요."

"부산지법 판사요?"

"할머니 말로는요. 그때 과장 말로는 그것도 다 뻥이라고……."

"보호자 인적사항을 조작했다는 말이군요."

"그때는 보호자 신분증 확인 같은 것도 안 했으니까요."

"알겠습니다. 그만 내려가 보세요."

"저 혼자요?"

"나는 좀 확인할 게 있어서요."

"그럼 이거라도 쓰세요. 밤길이라……."

수위가 랜턴을 내밀었다.

"고맙습니다."

승우가 받아 들자 수위는 허리를 굽실거리고는 숲으로 들어갔다.

"민민!"

잠시 후에 승우가 어둠을 향해 외쳤다. 민민은 대답이 없었다. 싸아한 바람만이 메아리처럼 승우 얼굴을 스쳐 갔다.

"아저씨!"

잠시 후, 요양원 쪽에서 민민이 날아왔다.

"할머니는?"

"저기요!"

민민은 요양원을 가리켰다.

다시 요양원이었다.

"정말 빨라요. 아주 하마터면 놓칠 뻔했어요."

"가보자."

승우도 산을 내려왔다. 앞서 날아간 민민은, 보관실이 아니라 요양원 입구 쪽으로 날았다. 거기, 할머니가 있었다. 우두커니 쪼그려 앉은 모습. 긴 목을 뺀 자세로.

할머니!

아직도 아들을 기다리는 모양이었다.

"할머니!"

가만히 다가섰다. 할머니는 돌아보지 않았다. 시선은 완전하게 고정되어 있었다. 진해가 있는 그 방향으로.

"내가 말 시켜도 대답하지 않았어요."

민민이 속삭였다.

"아들 불러드려요?"

승우가 물었다.

[……]

"아드님 이름이 최지웅, 맞나요?"

[……]

"판사라고요?"

묻는 사이에 할머니는 다시 사라졌다. 이번에는 보관실로 가보았다. 할머니는 휠체어 위에 있었다. 그 짝짝이 손잡이 휠체어. 그 위에 우두커니.

"사라졌어요."

영기를 보고 있던 민민이 말했다. 어디로 갔을까? 이제는 알 것 같았다. 할머니는 멀리 가지 않는다. 멀리 갈 수도 없다.

그녀의 애달픔은 여기 남아 있다. 오지 않는 아들을 기다리며.

토요일!

아들이 달려와 줄 토요일.

그 기적을 기다리는 것이다.

죽어서도, 넋이 된 지금에도.

복도로 나오자 바닥에 팔랑거리는 종이가 보였다. 승우가 그걸 집어 들었다. 누군가 쓴 시였다.

바람으로 사원 자의 심장에는
처음부터 끝까지 한 단어가 들어 있다.
안개 속 삶을 부유하면서도
끝내 놓지 못하는 단어 하나
생의 마지막 장소 여기

무수한 마침표들을 하나하나 지우다
결국엔
다시 새김질 하는 바람 하나
이곳에서 저곳으로 건너가는 이 길
어쩌면 딱 한 뼘밖에 되지 않을 거리
동그란 두 바퀴 위에서 기다린다
잊혀진 내 이름이
그리운 사람의 입에서 딱 한 번
한 번이라도 정답게 불려지는 그날을

"어, 그거 내 건데……."
언제 다가왔는지 한 할아버지가 손을 내밀었다.
"아, 예……."
승우는 시를 돌려주었다.
"읽어봤수?"
"예……."
"어떻수? 내일 저녁에 입원자 시 낭송 대회가 있는데 분위기 좀 나겠수?"
"예……."
"고맙수. 이거 사실 옛날에 내가 좋아하던 할망구가 써준 거라우."

"그러세요."

승우는 대수롭지 않게 흘려들었다. 그런데, 다음 말이 승우의 오감을 펑 하고 폭발시키고 말았다.

"저 짝짝이 휠체어 주인이었는데 죽었어."

"……!"

*   *   *

"허어, 그 할망구 얘기?"

조용한 휴게실, 승우는 할아버지 옆에 자리를 잡았다. 나수미는 특별한 임무를 부여받고 지검으로 돌아가고 없었다.

"시가 매력적인 거 같아서요."

승우는 시를 매개로 삼았다.

이 할아버지 이름은 조상일. 그 옛날 석영자 할머니와 함께 입원해 있다가 퇴원한 후에 최근 다시 돌아왔다. 가끔 치매기가 있다고 며느리에게 특단의 조치(?)를 받은 것이다.

"자식 놈 키워봤자 다 소용없다니까. 우리 아들놈, 내가 금이야 옥이야 길렀는데 지 마누라가 눈 한 번 부릅 뜨니까 찍소리도 못하는 거 있지."

할아버지가 한숨을 쉬었다. 승우가 보기에 할아버지의 치매는 별문제가 없어 보였다. 그러나 여성의 발언권이 점점 세지는 현실. 나이 먹은 시아버지를 기꺼이 모시는 며느리란 쉽지 않을 일이었다.

“옛날 요양원으로 가겠다고 했더니 여기로 데려오더라고. 여기가 거기라나?”

할아버지가 여길 원한 이유는 단 한 가지였다. 그나마 전에 있던 곳이니 혹시 아는 얼굴이 있을까 했던 것. 그중에서도 특히 석영자 할머니가 있기를 기대했단다.

“그 할망구가 속이 깊지. 어찌나 깊은지 옆에 있으면 내가 빠져죽을 정도였어.”

할아버지, 자잘한 입원 동기를 얘기하더니 본격적으로 이야기를 시작했다.

토요일의 석영자!

그 별명을 지어준 사람이 바로 이 할아버지였다. 때로는 우산도 가져다주고 따뜻한 차도 가져다주었다.

“척 봐도 갖다버린 건데 그걸 모르더라고.”

설명하는 할아버지의 눈시울이 뜨거워졌다. 그 또한 그녀처럼 자식의 버림을 받았다. 그는 그 두려움의 끝을 알고 있었다.

죽음!

이런 경우에 가족들이 기다리는 건 그것 하나였다.

매달 입원비를 보내주는 것으로 자식 역할은 끝이다. 처음에는 한두 번 오겠지만 결국은 발을 끊는다.

심할 경우에는 입원비도 끊는다. 그렇게 되면 국가 시설로 쫓겨난다. 그래서 일부 노인들은 요양원을 마지막 공간으로 받아들였다. 피치 못할 사정으로 부모를 보내는 경우도 많았지만 이런 이유로 부모를 치우는(?) 사람도 있었기 때문이었다.

"아무튼 영자 씨, 기품 있는 여자였어. 다시 태어나면 그런 여자랑 살아보고 싶을 정도로……. 배려 잘하지 마음 착하지. 게다가 속까지 깊으니… 남자는 그런 여자를 만나야 해."

"네……."

승우는 장단만 맞추었다. 이미 마음이 열린 할아버지였기에 딱히 질문을 만드는 게 어색할 것 같았다.

"아들이 판사라던데 그건 뻥인 거 같고……. 아무튼 좀 사는 집 할망구였던 건 맞는 거 같았수다. 그 휠체어도 자기가 가지고 온 거거든."

"네……."

"아들이 맞춤으로 사줬다고 자랑 많이 했지. 다른 사람들이 한 번 타려고 하면 어찌나 정색을 하든지……."

"……."

"그 할망구… 지금도 저기 있지?"

할아버지의 손이 창밖의 정문을 가리켰다.

"아마 거기 있을 거야. 그렇게 아들을 기다렸는데 죽어도 별수 없을 거야."

"할머니가 사망했을 때도 아들이 안 왔다면서요?"

"그렇다더군. 처음 왔을 때 말이야, 전에 일하던 고참 간호사가 남아 있어서 물었더니……. 유해는 아마 진해로 갔다지?"

"예……."

"젊은이는 부모님 계시나?"

"두 분 다 돌아가셨습니다."

"다행이군."

"예?"

"골칫거리 없어서 말이야. 늙은 우리는 서글픈 일이지만 젊은 사람들에게는 어차피 짐이 될 신세니까."

"……."

"차 잘 마셨네. 그만 가서 시 연습해야겠어. 늙으니까 발음이 잘 안 되어서 말이야."

할아버지는 마른침을 넘겼다. 늙으면 침이 잘 나오지 않는다. 침이 안 나오면 발음도 윤기를 잃는다. 그래서 노인들은 캑캑거린다. 헛기침도 자주 한다. 다 침 때문이었다. 수분 때문이었다. 늙는 만큼, 몸은 수분을 잃어간다.

"그거 제가 사진 한 장 찍을 수 있을까요?"

"왜? 마음에 들었나?"

"네."

"어이쿠, 그렇다면 백 번이라도 찍어가게나. 그 할망구, 젊은 사람이 자기 시 좋아하는 줄 알면 아주 좋아할 거야."

할아버지가 종이를 내밀었다. 승우는 그걸 핸드폰에 담았다.

"그럼 살펴 가십시오!"

차를 몰고 정문으로 나오자 수위가 달려와 배웅을 해주었다. 정문 앞……. 돌아보니 그곳은 비어 있었다. 밤은 저 홀로 깊어갔다.

"없습니다!"

다음 날 별관 회의실로 들어온 나수미가 고개를 저었다. 어제 승우의 특명을 받았던 나수미. 법원 판사를 뒤졌지만 석영자라는 어머니를 둔 최지웅 판사는 나오지 않았다. 혹시 그만두었나 싶어 변호사까지 대상으로 삼아도 마찬가지였다.

"없다?"

"그분이 잘못 알고 있는 거 같습니다."

"그럴 수도……."

승우는 고개를 끄덕였다. 부모에게 직업을 속이는 자식들. 당연히 있었다. 어쩌면 석영자의 아들, 처음부터 그랬을 수도 있었다. 어머니를 버릴 의도였다면 말이다.

"어쩌죠?"

"나 수사관 생각은 어때?"

"포기하지 않으실 생각이군요?"

"이번에는 법원 공무원들 중에서 좀 알아봐 줘."

"검사님!"

"미안. 내 생각인데… 아무래도 법원과 관련이 있는 거 같아서."

"그러죠."

"좀 서둘러 줘."

"예!"

나수미는 미소를 남기고 돌아섰다.

하지만, 퇴근 무렵까지 나수미는 소득을 보지 못했다. 채근하는 것도 미안해 승우는 말없이 일어섰다.

'내일 저녁 시 낭송!'

할아버지의 말이 떠올랐다.

승우는 차를 몰고 요양원으로 달려갔다. 시 낭송 대회는 요양원의 정기 행사인 모양이었다. 원장도 나오고 원무과장과 관리의사도 참석했다. 그 밖에 입원자들의 가족도 많이 보였다.

김애순은 바빴다. 거동이 불편한 환자들도 죄다 참석하기 때문이었다. 그래서 그런지 휠체어를 밀고 들어서기 바쁘게 다시 복도로 뛰었다.

조상일은 다섯 번째로 무대에 올랐다. 나이 먹은 성대지만 제법 분위기까지 잡으며 최선을 다했다. 맨 뒤에서 구경하던 승우는 박수를 아끼지 않았다.

그러다 마지막 참가자 할머니가 무대에 올랐을 때였다. 사색이 된 김애순이 뒷문으로 들어섰다. 김애순은 초조한 얼굴로 참석자들을 확인하고 다녔다. 그러다 참석자 열의 마지막까지 확인하더니 승우에게로 달려왔다.

"검사님!"

"왜 그러시죠?"

"그게… 휠체어 말이죠. 그 휠체어……."

"휠체어가 왜요?"

"사용하지 말라시기에 제가 보관실 구석에 잘 모셔뒀는데 사라졌어요."

"……?"

"아무래도 오병기 할아버지가 탄 것 같아요."

'오병기?'

"심장도 안 좋은 데다 류마티스까지 앓는 분인데 낭송하는 동안 바람이나 쐰다고 휠체어를 달라고 했거든요. 그래서 제가 휠체어가 부족하니까 끝날 때까지 참아달라고 했는데……."

"……"

"그런데 그분도 그 휠체어 싫어하거든요. 저번에는 아예 때려 부셔야 새것 산다고 내동댕이를 친 적도……."

"그분이 탄 게 확실하나요?"

"방에도 없고 여기도 없는 거 보니 아무래도……."

"산책은 주로 어디로 가시죠?"

"대개 마당 쪽 산책로 쓰는데 거기도……."

"알았어요."

승우는 황급히 밖으로 뛰었다.

*   *   *

"왜 그러시죠?"

정문 앞에 나와 있던 수위가 물었다.

"오병기 할아버지요! 못 보셨어요?"

승우를 따라 나온 김애순이 물었다.

"못 봤는데?"

"흩어져서 찾읍시다!"

승우는 그 말을 남기고 벽을 끼고 돌았다. 김애순과 수위는 정문과 산책로 쪽으로 뛰었다.

"민민!"

다급하게 민민을 호출했다. 푸른빛으로 떠오른 민민은 평지를 따라 꼬리별을 그리며 날아갔다.

"검사님!"

제2 병동 뒤쪽으로 접어들 때였다. 김애순의 다급한 외침이 들려왔다. 승우는 그쪽으로 방향을 틀었다.

"……!"

산책로의 끝까지 달려온 승우 눈에 우려하던 장면이 연출되고 있었다.

휠체어 위의 오병기는 소리도 없는 몸서리를 치고 있었다. 그 가슴팍에 할머니의 영기가 보였다. 영기는 오병기의 가슴을 두 손으로 잡은 채 너울거리고 있었다.

"우억우억!"

오병기 입에서 짐승의 신음이 새어 나왔다. 멋대로 일그러진 표정에 공포를 집어먹은 김애순은 눈을 뒤집고 말았다.

"할머니, 그 사람 놔줘요."

승우가 영기를 향해 소리쳤다. 영기는 고집스럽게 고개를 저었다.

"휠체어 때문인가요?"

"……"

"그분이 휠체어를 버리라고 해서요?"

영기가 꿈틀 움직였다. 그래도 대답은 없었다.

"휠체어는 안전해요. 그러니 더 이상 사람을 해치지 마세요."

승우는 진지하지만 할머니는 반응하지 않았다.

"민민!"

긴급 상황.

신방울은 분명 변색하지 않았다. 엄마가 남긴 방울을 믿지만 사람을 죽이는 건 용서할 수 없는 일. 별수 없이 민민을 내세웠다. 민민은 다시 친디를 불러냈다.

우어엉!

친디가 포효하자 기묘한 일이 일어났다. 할머니의 영기가 순식간에 사라져 버린 것이다.

"찾아볼까요?"

민민이 소리쳤다.

"아니, 우선 이 할아버지부터 살려야겠다."

승우는 늘어진 오병기를 바로 세웠다. 그런데, 정말이지 오병기가 가볍게 느껴졌다. 마치 옷가지만 들어 올린 기분이었다.

"무슨 일입니까?"

소리를 들은 수위가 달려왔다.

"잘 왔습니다. 김애순 씨 좀 부탁해요."

승우는 휠체어를 밀며 달렸다. 때마침 시 낭송 대회가 끝났는지 사람들이 쏟아져 나오고 있었다. 천국과 지옥은 늘 한끝 차이였다. 그 진리를 오늘은, 승우가 연출하고 있었다.

"갑자기 의식을 잃었습니다. 누가 응급조치 하시고 구급차 내오세요!"

의사는 있지만 응급체계는 갖추지 못한 요양원. 승우의 말과 함께 요양원은 바로 아수라장이 되고 말았다.

띠뽀띠뽀!

앰뷸런스가 부리나케 도로로 나섰다. 겨우 숨을 돌린 승우는 민민을 데리고 할머니 영기를 찾아 나섰다. 산언덕 아래의 바위. 할머니가 있을 곳은 뻔했다, 숨이 턱에 차도록 달리자 바위가 나왔다. 하지만 영기는 거기 없었다. 휠체어 보관실도 마찬가지였다. 구석으로 돌아온 짝짝이 손잡이 휠체어에는 달빛만 살포시 올라앉아 있었다.

"어디로 갔죠?"

민민이 물었다.

"나도 모르지."

승우가 대답했다. 하지만 승우는 걱정하지 않았다. 그렇기에 오늘 밤, 할머니의 영기와 숨바꼭질을 하고 싶지는 않았다. 내일은 토요일. 할머니의 영기가 어디에 나타날지 아는 까닭이었다.

디로롱동동!

막 복도로 나올 때 전화가 울렸다. 핸드폰에서 나수미의 목소리가 힘차게 쏟아져 나왔다.

"검사님, 최지웅 인적 나왔습니다."

＊　　　＊　　　＊

다음 날 아침.

실비가 내리기 시작했다. 요양원은 정적에 휩싸여 있었다. 쉬는 날이지만 일찌감치 요양원으로 달려온 승우는 원무과에서 창밖을 보고 있었다.

"환자 관리를 소홀히 해서 죄송합니다."

과장은 한풀 제대로 꺾였다. 어젯밤 일 때문이다. 심장발작으로 대형 병원으로 실려간 오병구 할아버지. 평소에도 심장질환이 있었기에 혼자 나가서는 안 되는 일이었다. 하지만 그런 일은 다반사였다. 규정이란 단지 규정을 위한 규정. 바쁘다거나, 환자의 요구라는 명목하에 지켜지지 않는 일이 잦았다.

다행히 현장에 승우가 있었다. 아니, 승우가 신속한 조치를 하는 덕분에 환자 목숨을 살렸다. 그랬으니 과장이 설설 기는 것도 당연했다. 더구나 그 상대, 법 집행을 좌지우지하는 현직 검사가 아닌가?

"휠체어 담당자하고 환자관리 간호사 등을 엄중히 처벌할

계획입니다."

과장, 잘나가다가 옆길로 샜다.

"그럴 필요 없습니다."

승우는 창밖을 보며 묵직하게 대꾸했다.

"그럴 필요가 없다니요?"

"원인은 다른 곳에 있으니까요."

"네?"

"당신네 요양원은 김애순 씨에게 표창을 주어야 한다는 말입니다."

"······?"

"그 휠체어 말입니다. 어제까지 세 번째 사고였죠?"

"그렇긴 합니다만······."

"어떻게 생각합니까?"

"그거야 우연히······."

"맞습니다. 우연입니다. 하지만 거푸 세 번이나 그랬으니 요양원에 소문이 돌겠지요?"

"요양원 재정이 어렵긴 하지만 당장 폐기할 생각합니다."

"그전에 부탁이 있습니다."

"부탁이라면?"

승우는 가만히 생각을 전했다.

"검사님!"

설명을 들은 과장이 눈을 동그랗게 떴다.

"요양원이라면 나이 드신 어르신들이 대다수지요. 그분들 정서에 맞추는 게 좋지 않을까요?"

"알겠습니다."

켕기는 구석이 많은 과장. 승우의 말을 듣고 복도로 나갔다. 잠시 후, 김애순이 짝짝이 손잡이 휠체어를 끌고 마당으로 나섰다. 그녀는 휠체어를 입구에 놓았다.

석영자 할머니. 그 할머니가 늘 아들을 기다리던 장소. 바로 그곳에. 이어, 앉는 자리에 흰 국화도 한송이 놓았다. 승우의 의견이었다.

현관에는 조상일을 비롯하여 할아버지 할머니들이 나와 구경하고 있었다.

'휠체어에 귀신이 붙었대.'

소문은 밤사이에 요양원 구석구석 번져 있었다.

한 번.

두 번.

두 번까지는 괜찮았다. 하지만 세 번. 삼 세 판은 달랐다. 누군가 말 지어내기 좋아하는 사람이 귀신 이야기를 꺼냈다. 공교롭게도 조상일 할아버지가 낭송한 시가 석영자의 작품이라는 것도 밝혀졌다.

그 시는 어제 대상을 받았다. 상 때문에 세 번째 사람은 안

죽인 거야. 소문은 거기까지 질러가 있었다.

"민민……."

역시 현관으로 나온 승우가 가만히 속삭였다.

"왔어요."

민민 역시 정문을 보고 있었다. 하얗게 일어나는 수증기 사이에서 뭔가가 희끗 어른거렸다. 영기가 돌아왔다. 석영자 할머니의 영기였다. 비록 영기지만 꽃단장을 하고 나온 할머니. 휠체어를 보더니 조용히 자리를 잡고 앉았다. 손에는 손수건이 들렸다. 눈물을 닦으려는 걸까? 세월을 닦으려는 걸까?

토닥토닥!

비가 내렸다.

밖을 내다보던 입원자들은 하나둘 지쳐 휴게실로 입원실로 돌아갔다. 조승일 할아버지가 움직인 건 그때였다. 낡은 우산을 받쳐든 할아버지. 절뚝거리는 발로 정문까지 걸어가 휠체어 꽃 옆에 시를 적은 종이를 놓았다.

오늘도 아들 기다리시나?

영자 씨 마음 아는지 비가 잘도 내리네.

조승일은 울지 않았다. 그저 눈가에 비가 촉촉이 묻었을 뿐. 할아버지는 휠체어를 몇 번 쓰다듬고는 현관으로 돌아왔다.

동병상련.

승우는 그 마음을 알 것 같았다. 한때는 열심히 산 사람들. 그러나 지금은 잊혀지는 존재가 되어가는 사람들. 마음이 아려왔다.

어쩌려고요?

민민의 시선이 건너왔다.

조금만!

승우도 눈으로 대답했다.

잠시 후, 기다리던 승우의 전화가 울렸다.

"곧 도착합니다!"

나수미의 목소리였다.

"이제 나갈까?"

통화를 끝낸 승우가 민민에게 속삭였다.

"검사님, 우산을……."

승우가 빗속으로 나서자 과장이 쪼르르 우산을 챙겨주었다.

"괜찮습니다. 나이 드신 분도 젖고 있는 걸요."

"예?"

"저기 빗속에… 석영자 할머니 혼이 있는 것 같지 않나요?"

우산을 사양했다. 길고 긴 세월의 풍상 속에서도 아들을 기다린 할머니. 우산 따위는 그분의 모욕하는 행위일 것 같았

다. 그녀, 비가 오나 눈이 오나 맨몸으로 사위어갔을 세월이었
다.

"할머니!"

"밍글라바!"

승우와 민민이 동시에 인사를 했다. 남들이 보기엔 쓸쓸하
게 빈 휠체어. 현관 앞의 과장은 고개를 갸웃하는 것으로도
모자라 어깨까지 으쓱거리고 있었다.

"일찍 나오셨네요?"

[…….]

할머니는 여전히 대답하지 않았다. 그저, 저 먼 진해, 그 하
늘을 향해 시선을 붙들어 맸을 뿐.

"오늘은 아들이 올 겁니다."

[…….]

"제가 찾았거든요."

그 말이 직효였을까? 덤덤하던 할머니가 급격한 반응을 보
였다.

[우리… 지웅이?]

목소리…….

사위고 또 사윈 목소리가 아련하게 새어 나왔다.

"네."

[댁이… 우리 지웅이를 아우?]

"저도 검사거든요. 검사하고 판사는 같은 법조인이니까 찾을 수 있답니다."

[온대?]

할머니는 떨리는 소리로 물었다.

"거의 다 왔답니다."

[우리 지웅이가?]

"왔군요."

승우가 비를 바라보며 말했다. 저만치 나수미의 차량이 달려오고 있었다.

끼익!

차가 섰다.

나수미가 내렸다.

할머니의 아들도 내렸다.

나수미는 하얀 장갑을 낀 손으로 아들을 받쳐 들고 있었다. 정확히는 아들의 유골함을.

[지웅아!]

유골함을 받아 든 할머니가 두 손으로 단지를 쓸자 함에서 아들의 혼이 걸어 나왔다.

[어머니!]

[지웅아!]

[어머니!]

아들이 폭풍 절규를 터뜨리며 할머니에게 안겼다.

[이놈아, 이게 어떻게 된 거야? 네가 왜?]

[죄송해요. 어머니를 여기다 버리고 천벌을 받아 4년 후에 사고로 죽었어요. 그래서 오지 못했어요.]

[사고?]

[용서하세요. 토요일마다 오겠다는 건 거짓말이었습니다. 어머니를 버리기 위한 핑계였다고요.]

[지웅아…….]

[집사람이… 어머니를 모시는 건 지옥보다 싫다고 요양원에 보내라고 성화를 부리는 통에…….]

[지웅아…….]

[용서하세요. 제 눈에 뭐가 쓰여서 어머니를 속였습니다.]

[그랬구나.]

[어머니.]

[괜찮다. 나도 사실 알고 있었는걸.]

[어머니…….]

[네가 나를 버린다는 거… 알고 있었어. 하지만 네가 잘되는 길이라면 내가 마땅히 가야지.]

[어머니…….]

[그래도 이 에미하고의 약속을 잊지 않고 와주어 고맙구나.]

[어머니······.]

[네가 언젠가는 올 줄 알았어.]

[어머니······.]

[이제 가자. 이 에미하고 네 아비 찾아서······. 옛날처럼 웃으며 살자꾸나. 고단한 이 세상 여행 마감하고 가자꾸나.]

[어머니······.]

[검사 양반!]

할머니의 시선이 승우에게 다가왔다.

"예."

[아들을 데려와줘서 고맙수다.]

"별말씀을······."

[이 휠체어는 걱정하지 않아도 될 거요. 내가 떠나면 같이 사라질 것이니······.]

"그러시면 가시기 전에 혹 어제 상하게 한 분에게 한을 남기셨으면 같이 거두어가시면······."

[어제 그 영감?]

"예······."

[무슨 소리를 하시는 건가? 난 그 영감을 살려준 건데?]

"네?"

[그 영감, 심장이 막혔어요. 그냥 두면 죽을 것 같길래 내가 좀 만져서 핏길을 열었어요. 오해를 하셨나?]

"그럼 지난번에 죽은 두 사람은?"

[똑같은 이유라오. 갑자기 심장발작이 일어나길래 살려주려고 애썼는데 그만⋯⋯.]

"그럼 저 휠체어를 박대해서 노여움에 징벌을 내리신 게 아니라⋯⋯."

[아니라오. 여기 다 불쌍한 노인네들인데 내가 왜? 나 좋자고 남 해코지할 사람 아니오.]

"그럼⋯ 그 사람들이 가벼워진 이유가?"

[아마 내 손이 심장에 닿아서 그런가 보오. 이미 절반쯤 죽은 데에 또 죽은 사람의 손이 닿았으니⋯⋯.]

"아⋯⋯."

[그럼 나는 이만 가려오.]

할머니가 아들의 손을 잡았다. 두 영기는 안개가 걷히듯 아련하게 사라졌다.

"나 수사관, 휠체어에서 물러 서."

할머니가 사라지자 승우가 나수미의 손을 잡아끌었다. 뒤를 이어 놀라운 일이 벌어졌다. 휠체어가 저절로 불이 붙은 것이다.

"어머!"

나수미는 직접 보면서도 믿을 수가 없었다. 휠체어가 탔다. 그다음으로 국화꽃이 탔고, 마지막으로 시를 적은 종이가 탔다. 상식적으로는 있을 수 없는 일이었다.

"검사님……."

놀란 나수미가 승우를 바라보았다. 승우는 그녀의 어깨를 툭 쳐 주는 것으로 설명을 대신했다.

이 세상, 모든 것을 어찌 다 설명할 수 있을까? 과학이 어쩌고 첨단기술이 저쩌고 해도 그것으로 모든 걸 설명할 수 있는 건 아니었다. 할머니의 휠체어처럼.

"이제 어쩌죠?"

아들의 유골함을 든 나수미가 물었다.

할머니의 아들 최지웅.

그는 법원 공무원이었다. 7급 주사보였다. 사법고시를 본 전력도 있었다. 그러나 내리 4번을 물을 먹었다. 그래서 방향을 튼 모양이었다.

그 혼의 말대로 할머니를 요양원에 보낸 지 몇 해 후에 사고로 죽었다. 최지웅의 아내 집안은 쏠쏠한 거부였다. 사치스러운 그의 아내는 단아한 석영자를 눈엣가시로 여겼다. 소위 궁합이 맞지 않는 결혼이었던 것이다.

그의 유골은 교외의 납골당에 안치되어 있었다. 아내는 그후로 재혼을 했고 다시는 묘를 찾지 않았다. 나수미의 보고를 받은 승우, 그걸 가져오도록 시켰다. 할머니가 무수한 세월을 부수며 기다린 아들. 그렇게라도 보여주고 싶었던 것이다.

"검사님!"

잠시 후에 과장이 큰 우산을 받쳐 들고 나왔다.

"검사님이 태우신 거죠?"

전소한 휠체어를 본 과장, 두 눈을 끔벅거리며 물었다.

"예……."

"속 시원하게 잘됐군요."

"……."

"아, 그나저나 방금 병원에서 연락이 왔는데요, 어제 실려 간 환자 기적적으로 무사하답니다. 심장동맥의 혈전덩어리로 보아 어젯밤에 사망했을 일인데 누가 응급조치라도 한 것처럼 숨통이 좀 열려 있었다고……."

"그것도 잘됐군요."

"예?"

"아무튼 명심하세요. 이 모든 게 김애순 씨 덕분이라는 거. 그분 이번 일을 이유로 사표 받거나 불이익 주면 내가 가만있지 않을 겁니다."

"아이고, 걱정 마십시오. 그렇잖아도 원장님께 말씀드렸더니 요양보호사 팀장 맡기라는 지시가 내려왔습니다."

"그것도 잘됐군요."

"예……."

"김 팀장, 뭐하시나? 검사님 가신다네!"

볼일을 마친 과장은 현관에 서 있는 김애순을 불렀다.

"고맙습니다. 검사님!"

김애순이 다가와 인사를 건넸다.

"뭘요. 언제든 애로 있으면 찾아오시기 바랍니다."

"네!"

목례를 받으며 승우는 차에 올랐다. 다 젖은 머리에서 빗물이 계속 흘러내렸다.

"아저씨!"

민민이 휴지 위에서 팔랑거렸다.

"땡큐!"

얼굴에 묻은 빗물을 닦으며 시동을 걸었다. 시동 소리가 경쾌했다.

5장
민민의 환생

그날 저녁, 쉬고 있던 차에 조기호에게 콜이 들어왔다. 민민과 로봇을 조립하던 승우, 당연히 단칼에 잘랐다. 그런데, 문제가 생겼다.

"썬배님 오피스텔 앞이거든요."

'오피스텔 앞?'

창으로 가보니 정말 거기 있었다. 도로 갓길에 차를 세우고 손을 흔드는 조기호.

"아, 저 찰거머리……."

고개를 저었지만 별수 없었다. 한때는 밤낮을 같이 어울렸던 후배. 어떻게 보면 저렇게 기우뚱해진 것도 승우 탓이었다.

수렁에 빠진 승우, 주지육림이라는 떡밥으로 조기호를 유인했고, 낚시에 성공했다. 그래서 데리고 다니며 잘도 부려먹었다.

검사 한 명보다는 두 명의 파워가 빠라끌리또들에겐 더 잘 먹혔던 것이다.

어쩌면 결자해지.

'내 손으로 거둬야지.'

승우는 책상을 뒤졌다. 거기 따로 묻어둔 자료가 있었다. 그런 다음에 셔츠를 챙겨 입었다.

"민민."

거울 앞에 선 승우가 거울에 비친 민민에게 말을 건넸다.

"네?"

로봇 위에서 깡총거리던 민민이 돌아보았다.

"잠깐 다녀올게. 혼자 놀고 있어."

"알았어요."

금세 도약에 힘이 빠지는 민민. 외출하는 아빠에게 서운함을 느끼는 아이와 다를 게 없었다.

"미안!"

승우는 도망치듯 엘리베이터에 올랐다. 상대해야 할 사람은 조기호. 마무리를 하는 과정에서 불상사가 생길지도 몰랐다.

그러니 볼이 화끈해지는 불상사 따위는 지난번 유정하의 그림자에 붙은 주술을 쫓아내는 경험으로 충분했다.

"야, 사장 오라고 해."

조기호가 승우를 데려간 곳은 고급 요정이었다. 최고 룸에 들어서기 무섭게 조기호는 목에 힘을 주었다. 사장은 2분 안에 출동했다.

"오셨습니까?"

바로 허리를 반으로 접는 사장. 보아하니 뭔가 구린 구석을 조기호에게 들킨 전력이 있는 모양이었다.

"이분이 누군 줄 알아?"

다짜고짜 승우를 가리키는 조기호.

"죄송합니다. 저희 가게 처음이시라……."

"내가 이 세상에서 최고로 존경하는 선배님이야. 오늘 우리 선배님 기분 못 맞추면 내일 수색영장 들고 와서 탈탈 털 줄 알아."

"아, 알겠습니다."

사장은 바로 사색이 되었다.

"오늘 아이돌 연습생들 나오는 날이라고 그랬지?"

"예……."

"최고로, 알았나?"

"여부가 있겠습니까?"

사장은 다시 허리를 접었다.

"술부터 들여와 봐. 선배님 하고 오붓하게 한잔 나누게."

"예!"

대답과 함께 사장이 웨이터를 돌아보았다. 웨이터는 팔랑팔랑 달려가 고급 꼬냑을 두 병 내왔다.

"한 잔 받으시죠."

조기호가 병을 들었다. 승우는 잔을 내밀었다. 아직까지는 입을 열지 않았다. 어떻게 하는지 두고 볼 작정이었다.

"안녕하세요?"

잠시 후에 기가 막힌 비주얼의 아가씨들이 두 명 들어왔다.

"야, 너 여기, 너는 내 옆!"

조기호가 알아서 교통정리를 했다. 아가씨들 몸매는 섹시 심볼처럼 탱탱했다. 우유로 목욕을 한 듯 하얀 피부와 연실 방글거리는 표정, 거기에 은근하게 드러낸 가슴골과 허벅지. 사장이 제대로 교육을 한 모양이었다.

다만!

단점이 하나 있었다. 그건 바로 미성년자 같아 보인다는 것.

"아, 역시 술은 썬배님 하고 마셔야 제 맛이 난단 말이죠."

조기호는 너스레를 떨며 술잔을 비워냈다.

"아, 좀 마시세요. 기왕에 들어온 거 아닙니까?"

그때까지도 술잔을 받아놓고 소위 제사를 지낸 승우. 조기호가 채근을 해왔다.

"아가씨랑 같이 마시려고 그랬지."

승우가 가볍게 받아쳤다.

"야, 너 못 들었어? 빨리 러브 샷을 하든지 아니면 꼴딱주를 마시던지!"

괜히 승우 파트너를 닦달하는 조기호.

"그런데 이 친구는 너무 어려 보이는데?"

승우가 아가씨를 돌아보았다.

"아, 어리면 좋지 뭘 그러십니까?"

"그래도 미성년자는 안 되지."

"……?"

그제야 말귀를 알아먹은 조기호가 들었던 술잔을 내려놓았다.

"민쯩 까봐."

승우가 아가씨에게 말했다.

"민쯩 안 가지고 왔는데요."

아가씨가 찔끔 하며 둘러댔다.

"그럼 집에 가서 가지고 와."

"예?"

놀란 아가씨가 조기호를 바라보았다. 구원투수를 찾는 그런 눈빛이었다.

"썬배님, 농담 그만하시고 술이나……."

"농담 아니거든."

승우의 눈매에 힘이 들어갔다. 결국 아가씨의 입에서 실토가 나왔다.

"죄송해요. 저 다음 달에 생일이라 아직 미성년 맞아요."

거짓말이다. 술집에 나오는 미성년자들이 단골로 쓰는 멘트였다. 업주가 그렇게 교육시키기 때문이었다.

"너도 그렇지?"

승우의 시선이 조기호 파트너에게 건너갔다.

"네……."

그녀도 고개를 숙였다.

"나가 봐."

"썬배님!"

"그럼 내가 나갈까?"

"……?"

승우의 으름장은 먹혔다. 아가씨들은 우물쭈물 룸을 나가고 말았다.

"아, 진짜… 모처럼 만든 술자리인데 꼭 이러서야 합니까?"

"조 부부장검사!"

"예?"

"내일 아침에 옷 벗고 싶어?"

"……?"

"나한테 이런저런 억울한 투서 쏟아져 들어오는 거 알지?"

"예……."

"거기 조 부부장 검사 것도 있었어."

"예? 아니, 어떤 후레자식이!"

"여자야, 그것도 미성년자!"

"……?"

"기억 나?"

"아뇨."

"당연하지. 조 검사가 만난 여자가 한둘이야? 모르긴 해도 서울 시내 쓸 만한 술집 아가씨들은 다 안아봤잖아?"

"진짜 투서가 들어왔단 말씀입니까?"

"봐!"

승우는 품어온 종이를 꺼내주었다. 그건 진짜였다. 억울한 민원이나 재수사 청원 중에 묻어온 투서. 마침 나수미가 보지 못하고 놓친 걸 챙겨둔 것이었다.

"아가씨는 열아홉, 기획사 사장이 술자리에 데려와 같이 술을 마시다 취했는데 그걸 호텔로 데려갔다고?"

"아, 그거야 저는 당연히 성년인 줄 알고……."

"아가씨 말로는 미성년이라고 밝혔다고 했어. 그런데도 조 부부장이……."

"미치겠네. 원래 그런 애들 있잖습니까? 지가 무슨 요조숙 녀인 줄 알고 튕겨대는……."

"잔소리 말고 둘 중 하나 선택해."

"뭘… 요?"

조기호의 눈이 휘둥그레졌다.

"이거 조 검사 피앙새에게 통보할까? 아니면 오늘로 이 생활 좋내고 정신 차리고 살래?"

"썬배님!"

조기호는 바로 사색이 되었다. 그는 사실 약혼녀가 있었다.

정략결혼에 가까울 정도로 좋은 집안. 더구나 장인 될 사람 은 대기업의 CEO. 이런 불미스러운 일이 통보되는 건 자살행 위에 가까운 일이었다.

"선배… 님……."

조기호, 느슨하던 정신에 불이 번쩍 들어왔다.

"솔직히 놀 만큼 놀고 누릴 만큼 누렸잖아? 이제 조 검사도 일 좀 해야지."

"……."

"어쩔래?"

"……."

"국종도 차장님 어때? 조 검사의 희망봉. 머잖아 지검장도 되고 고검장도 될 수 있겠지. 어쩌면 검찰총장도 될지 몰라. 그런데… 그분이 총장되면 어떨까? 우리 조직이 그분 령에 따를까?"

"그, 그거야……."

"솔직히 그분은 손 씻기엔 늦었어. 살던 대로 살아야지. 하지만 조 검사는 아니잖아? 어떤 길이 옳은지는 조 검사도 알고 있을 테고."

"……."

"나 믿어?"

"그야……."

"처음에는 니 멋대로 살아라 하고 내버려 두려고 했어. 하지만 조 검사를 이 길로 이끈 사람이 누구야? 그런데 내가 먼저 지나가 보니 그 길은 별 볼 일 없어. 그러니 어쩌겠어? 이제 또 다른 길로 이끌어야지. 안 그래?"

"……."

"우린 검사야. 판단 하나가 어떤 사람의 인생에 큰 영향을 줄 수 있고 바른 의지와 신념으로 하는 수사가 또 누군가에겐 희망이 될 수 있어. 몸매 좋은 여자 끌어안고 침대에서 헉헉거리는 거랑 차원이 다르다고."

"……."

"알잖아? 조 검사 뒤 닦아주는 인간들 조 검사가 좋아서 그러는 거 아니라는 거. 여기 사장만 해도 어쩌면 지금 가져올 안주에 침 뱉어올지도 몰라."

"……."

"내 말 공감 가면 여기다 제대로 한 잔 따르고 아니면 나가자고."

"따라주면 마실 겁니까?"

조기호가 소리 낮춰 물었다.

"당연하지. 내가 사랑하는 후배인데."

"경멸하는 후배가 아니고요."

"우리 유 계장이 그런 말 비슷한 걸 하더군. 가장 많이 타락해 본 검사가 가장 멋진 검사가 될 수 있다고. 그런 면에서 조 검사는 나보다 더 능력 있는 검사가 될 거야."

"진심… 이죠?"

"아니면 이 자리에 나오지도 않았어."

"선배님……."

조기호의 목소리에 습기가 묻어났다.

"팔 아픈데 그만 거둘까?"

"아, 아닙니다. 따르겠습니다."

조기호의 손이 꼬냑 병을 잡았다.

"어때? 우리 둘이 간만에 각 1병씩."

"정말입니까?"

"응, 실컷 마시고 다 지워 버리라고. 이 자리에 오기 전까지 일어났던 일들은 다 없었던 거야."

"선배님……."

"또다시 내 뒤를 이을 조 부부장 검사를 위하여."

"선배님……."

잔을 부딪치는 조기호의 눈에서 결국 눈물이 배어나왔다. 오랜 빚 하나를 갚는 기분이었다. 그래서 알뜰하게 한 병을 다 비워냈다.

조기호를 보낸 승우, 대리 기사를 기다리다 유정하의 전화를 받았다.

─연어 초밥 생각 안 나요?

그녀답게 다짜고짜 물었다.

초밥!

배에 이어 머리와 거시기가 트리플 세트로 반응을 했다.

배가 반응한 건 술 때문이었다. 오랜만에 무리를 했더니 속이 좀 그랬다. 어디 가서 칼칼한 라면이나 밥 한 공기 먹으면 좋겠다는 생각을 하던 차에 들은 말이니…….

머리와 거시기는 학습경험 탓이었다. 지난번에 겪었던 일본의 그림자 주술사. 그 아줌마 덕분에 미치도록 달린 격정의 밤…….

유쾌한 경험이 아닌데도 머리와 그것이 기억하고 있는 것이
다.

게다가 멀지 않은 곳.

—시켜놨는데 오세요.

잠시 고민하는 사이에 확정 오더가 날아들었다.

"정하 씨."

—혼자 먹으면 쪽팔리잖아요? 그래서 미리 시켜놨어요.

"허얼!"

—아, 싫으면 관둬요. 무슨 남자가 쫀쫀하게…….

유정하는 그대로 전화를 끊어버렸다.

허얼, 정말이지 헐이었다. 따지고 보면 피치 못할 사이지만
그것만 빼고 보면 별것도 아닌 사이였다.

'매너하고는…….'

입술을 실룩이지만 승우는 초밥집으로 방향을 틀고 말았
다. 미녀를 혼자 앉혀두는 것도 매너가 아닌 것 같았다.

"어우, 술 냄새!"

초밥집 의자에 앉자 정하가 손사래를 쳤다.

"그냥 갈까요?"

승우가 물었다.

"누가 가래요? 누구랑 마셨어요?"

"소개시켜 줘요?"

"네?"

"규리가 그랬다면서요? 법 밥 먹는 남자랑 엮일 거라고."

"본인은 싫다 이거로군요."

"정하 씨도 그런 거 아닌가요?"

"알긴 아시네요."

"그럼 왜 나한테 껄떡거리죠?"

"껄떡은 누가 껄떡거린다고 그래요? 보아하니 홀아비 혼자 구질구질하게 있을 거 같아서 밥 한 끼 사주려는 건데……."

"이 시간까지 밥 한 끼 못 먹을까 봐요."

"왔으면 먹기나 하세요."

유정하는 초밥 접시를 승우 앞으로 밀었다.

"다른 사람 주려고 시켰는데 그 사람한테 바람 맞은 거 아닙니까?"

"내가 무슨 바람이나 맞을 사람 같아요?"

"아니면 말고."

승우는 되갚음을 해주고 초밥을 집어 들었다.

"됐어요. 먹지 말아요."

그러자 바로 접시를 빼는 정하.

"……?"

"송 검사님 돈으로 시켜먹어요. 내가 먹을래요."

"아, 진짜 먹는 거 가지고 치사하게……."

"홍, 누가 치사한데 그래요? 여자 생일에 초코파이도 하나 안 들고 온 사람이……."

"생일요? 누구?"

"여기 누가 또 있어요?"

"그럼 정하 씨?"

"알았으면 사케나 한 병 쏘세요."

"진짜 생일 맞아요?"

"아니, 생일가지고 사기 치는 사람도 있어요?"

"뭐 있을 수도……."

"어유, 인간미하곤……. 맨날 범인들 하고 실랑이 하다 보니 정서라고는 초밥 밥알만큼도 안 남았나 보죠?"

"됐어요. 그럼 솔직하게 생일인데 만날 사람 없으니 술 한잔 쏘세요 하면 될 것을."

"누가 사람이 없다고 그래요?"

유정하가 또 발끈하고 나섰다.

"아, 진짜 사람들 다 쳐다보는데……."

"쳇, 남의 속옷도 막 벗기는 사람이 창피한 건 아나보죠? 웁!"

"미쳤어요? 여기서 왜 그런 얘기를……."

실랑이를 벌이는 사이에 사케가 나왔다.

"마시기나 해요."

승우는 큰 잔에다 사케를 꾹꾹 눌러주었다.

"아무튼 걱정하지 말아요. 잡아먹지 않을 테니까."

잔을 받아든 정하가 말했다.

"생각해 줘서 고맙군요."

"솔직히 엄마 성화 때문에 나온 거예요. 생일날 안 만나냐고 캐물어 대서……."

"나요?"

"예!"

"그러게 왜 키스를 해가지고……."

"나는 장난이었는데 무지막지하게 한 사람이 누군데 그래요?"

"나는 장단도 못 맞춰요?"

"단지 장단이었어요?"

묻는 정하의 얼굴이 급진지해졌다.

"그거야……."

슬쩍 꼬리를 감아 내리는 승우. 왠지 말을 가려서 해야 할 것 같았다.

"말해봐요. 진짜 장난이었는지."

"술이나 드시죠. 생일 아가씨!"

"저 봐. 불리하면 꼭 꼬리를 빼고……."

두어 잔 마신 정하의 혀가 슬슬 꼬이기 시작했다.

"정하 씨!"

사케를 1병씩 비워낸 후에 승우가 물었다.

"왜요?"

"나 좋아해요?"

"왜요? 송 검사님, 나한테 반했어요?"

"내가 먼저 물었잖아요?"

"레이디 퍼스트!"

정하의 목소리는 슬슬 꽐라로 변해갔다.

"아, 진짜……."

"억울하면 고소해요. 검사니까 그런 거 잘할 거 아니에요?"

"……."

"쳇, 법만 알았지 다른 거 뭘 알아? 마음에도 없는 남자를
생일 때 부르는 여자가 있겠어?"

결국, 정하는 그 말을 주절거리며 무너졌다.

별수 없이 가까운 모텔에 그녀를 누였다. 겨우 숨을 돌리고
돌아서려는데 그녀의 손이 다가와 팔목을 잡았다.

"나 두고 가려고요?"

"정하 씨……."

"내가 그렇게 매력 없어요?"

"……."

"아니면 지난번에 이상하게 인연을 맺어서……. 읍!"

중얼거리는 정하의 입술 위로 승우의 입술이 쏟아졌다. 이번에는 자의였다. 주술이나 부적이 아니었다.

'민민, 미안해.'

승우는 정하 위에서 바지를 벗어 내렸다. 폭발, 승우의 젊음이 폭발을 거듭하기 시작했다.

*　　　*　　　*

폭발!

하얀 섬광의 대폭발이었다. 온 세상이 하얗게 변했다. 너무 하얘서 아무것도 보이지 않았다.

어딜까?

정하…….

민민…….

규리…….

아는 이름들이 뇌리를 하얗게 스쳐 갔다. 발을 내딛자 하얀 안개가 풀썩 자지러졌다. 흔들린 안개가 오방색으로 변했다. 오방색은 형형색색의 무신도로 변했다.

일광보살!

월광보살!

천신대감!

화덕장군!

벼락장군!

무신도 뒤에 엄마가 보였다.

방긋!

언제 봐도 정다운 그 미소. 미소가 승우 가슴에 하얗게 파고들었다. 이어진 건 무신도였다. 그들이, 찬란하게 승우의 가슴팍으로 쏟아져 들어왔다.

울컥, 또 하나의 세계를 끌어안은 승우는 자기 가슴을 내려다보았다. 거기 무수한 들끓음이 번지고 있었다. 수억의 울림은 사납게 혹은 부드럽게 하나의 목표를 향해 내달렸다. 그 안에 하얀 뮤뮤가 보였다. 그녀의 흰 빛은 주변 모든 것을 압도하더니 천천히, 승우 앞으로 나왔다. 주변이 그녀를 위해 경배를 올렸다.

뮤뮤!

민민의 엄마.

민민을 위해 자신의 모든 것을 아끼지 않았던 여자. 그 흰 빛 옆에 더 또렷한 흰빛이 보였다. 그건 승우의 엄마였다. 엄마가 뮤뮤의 손을 잡았다. 그러자 뮤뮤의 흰빛이 더 또렷해지기 시작했다.

아!

승우는 탄식을 쏟으며 물러섰다. 뮤뮤, 그녀가 빛을 깨고 생생하게 걸어 나왔다. 미얀마 전통의상, 론지를 아름답게 차려입은 그녀는 고귀하고 숭고했다. 그녀가 승우를 향해 큰절을 올렸다.

왜?

승우의 눈이 파르르 떨었다. 뮤뮤는 승우의 엄마를 돌아보더니 승우를 향해 한마디를 꺼내놓았다.

[민민을 살려주세요!]

민민… 을 살려? 승우가 고개를 들었다. 뮤뮤는 다시 한 번 승우 엄마를 돌아보았다. 이번에는 엄마의 입이 열렸다.

[민민을 살리렴.]

말을 마친 엄마가 손을 내밀자 뮤뮤는 가만히 일어나 엄마 곁에 섰다. 그 주위로 다시, 흰 빛의 소용돌이가 일었다. 소용돌이를 따라 오방색의 무신들이 춤을 추며 날아갔다. 민민을 살리렴. 무신들의 춤이 하나의 문자를 그릴 때 승우는 잠에서 깨었다.

'으헉!'

머리가 띵했다. 뇌 저 깊은 곳에서는 아직도 흰 빛이 발광을 하고 있었다. 뮤뮤의 잔상에 이강순이 겹쳐 왔다. 그날, 그때……. 순백의 혼으로 승화한 뮤뮤. 사악한 이강순에 맞서던 그 초연한 표정. 마침내 신성한 빛이 되어 사음한 악을 격파하던 순간.

콰아아아!

명멸하고 또 명멸하던 하나의 세계. 소리도 없이 온 우주를 무너뜨리던 뮤뮤의 애절함.

민민을 살려주세요!

그 말을, 두 엄마가 함께했다. 무슨 뜻일까? 그저 하나의 개꿈에 지나지 않는 걸까? 아니면 가엾은 민민을 혼자 두고 여체를 탐닉한 양심의 가책이 꿈으로 나타난 걸까?

밤이 지나갔다.

밤 12시…….

민민을 위해 불면이라는 옵션을 걸었던 뮤뮤. 그런 그녀라면, 이 꿈조차 헛된 개꿈은 아닐 거라는 생각이 문득 온몸을 스쳐 갔다.

민민을 살린다?

그 대전제에는 한 가지의 절대 불가능한 요소가 있었다. 죽은 몸……. 오래전에 죽어 사라진 민민의 몸. 그 몸이 필요했다. 그 몸이 없고는 부활은 시도도 못 할 일이었다. 승우는 그걸 넘어야 했다.

규리의 신력!

승우의 신력!

상주보살의 신력!

합치고 합쳐보지만 고개는 옆으로 저어졌다. 신이 아닌 한, 사라진 민민의 육체를 되돌릴 수 없었다.

멍하니 생각에 잠길 때 사타구니의 휴지가 보였다. 어젯밤의 거사 흔적이었다. 예정에 없는 합체를 이루는 통에 콘돔이 없었다.

'이 없으면 잇몸.'

그건 체외 방출이었다.

이 없으면 잇몸⋯⋯.

그 말을 따라 생각이 옮겨갔다. 승우의 뇌리에 '잇몸'이 하나 떠올랐다. 소리 없이 일어선 승우는 옷을 챙겨 입고 뛰었다. 새벽이 밝아오고 있었다.

승우가 도착한 곳은 대학 병원이었다. 승우는 소아 중환자실로 달렸다. 이른 새벽, 병원은 한가로웠다.

"송민이오?"

간호사 데스크에서 간호사가 퀭한 시선을 들었다.

"예, 잠깐 볼 수 있을까요?"

신분증을 내밀었다. 간호사는 군소리하지 않았다.

〈송민〉

환자 명찰이 보였다. 아이는 거기 있었다. 시인의 아이. 그

러나 부모가 모두 죽어 오갈 데 없는 아이. 식물인간이 되어
다시 깨어날 기약도 없는 아이.

"담당 의사 좀 불러주세요."

"회진 중일 텐데……."

"기다리죠."

승우는 그 자리에 앉았다. 잠든 아이를 바라보며. 눈도 오
래 깜빡이지 않으며.

"검찰에서 오셨다고요?"

담당의가 다가왔다.

"아이 상태라면 조 검사님께 말씀드렸는데……."

"죄송합니다. 수고스럽겠지만……."

"보시는 대로입니다. 식물인간 상태긴 한데 아주 안 좋아
요. 아이가 자력으로 깨어나 주기만 하면 좋겠지만 그렇지 않
으면 신체 각 기관이 차차……."

결국 죽을 겁니다.

의사는 그 말을 에둘러 하고 있었다.

"알겠습니다."

승우는 묵례를 하고 물러났다.

'이 없으면 잇몸'이 아니었다.

'잘하면 두 아이를 살리는 일.'

승우의 뇌리에서 두 아이가 겹쳤다. 민민과 송민. 하나의

상상에 불과하지만, 가능하기만 하다면 최상의 결과가 될 일이었다.

상주보살에게 전화를 했다. 의사를 타진했다. 가능성도 물었다. 상주보살이 주저할 때 규리가 냉큼 전화를 가로채 대답했다.

"해봐요. 될 수도 있잖아요!"

규리의 한마디는 질식해 가는 승우의 뇌에 산소를 불어넣어 주었다.

*　　　*　　　*

오후 늦게 규리가 올라왔다. 청풍댁과 상주보살도 함께였다. 세 여자가 침대의 송민을 보았다. 상주보살은 침묵하고 규리는 아랫입술을 깨물었다.

"어떻습니까?"

계단참으로 자리를 옮겨 승우가 물었다.

"이게 어디 생각으로 될 일인가?"

상주보살이 무겁게 대답했다.

"쳇, 어머니는 해보지도 않고……."

옆에 있던 규리가 볼멘소리를 냈다.

"이년아. 네가 모시는 신들이 나보다 낫다지만 이건 함부로 저지를 일이 아니야."

"왜 못 해요?"

규리가 앙칼지게 물었다.

"자칫하면…… 어휴!"

상주보살은 또 고개를 저었다.

"규리 말대로 한번 해보기나……."

"송 검사, 그거 가져왔지?"

상주보살이 묻자 승우는 샴펙나무 목곽을 보여주었다.

"미얀마 땅의 3대 정기를 받은 영령이라……."

상주보살은 승우를 보더니 규리에게 고개를 돌렸다.

"딱 됐네, 뭐. 나하고 검사 아저씨하고 어머니하고……."

"뭐야?"

"아저씨는 신아들이고 나는 신딸이잖아요? 아들딸이 하고 싶은데 왜 안 된다는 거예요. 게다가……."

규리는 승우의 손목을 바라보며 뒷말을 붙였다.

"민민이 저 아이 몸으로 들어가면 얼마나 좋아."

"이년아, 잠깐은 몰라도 평생이 쉬워? 내 신밥 50년에 그런 말은 듣도 보도 못했다."

"신밥 50년에 민민 본 것도 처음이잖아요?"

"……?"

"이렇게 신성한 영(靈) 틀도 처음이고……."

검고 흰 목곽을 가리키는 규리.

"허어!"

"힘드시면 보살님은 쉬시고 저하고 규리하고 민민이……."

승우가 의견을 개진했다.

"허어, 이 사람, 중이 제 머리 깎는 거 봤나? 구제받을 영령은 낄 수가 없어."

상주보살이 정색을 했다.

"어머니, 그래도 해봐요. 사람을 둘이나 살리는 일이잖아요."

규리는 상주보살의 팔목을 당겼다.

"허어! 이년아, 실패하면 민민 영령이 잘못 될 수도 있어."

"잘될 수도 있잖아요."

"초희, 이년이 이젠 내 목숨까지 내놓으랄 판이네……."

"허어!"

"몰라요. 싫으면 되든 말든 아저씨하고 나하고 둘이 할 거예요."

발끈한 규리가 승우 팔목을 잡고 돌아섰다.

"이년아, 내 나이가 올해 몇이야?"

"어머니 나이를 왜 나한테 물어요?"

"미친년, 나이 먹으면 자기 나이도 헷갈리는 법이다. 너도 나이 처먹어 봐라."

"일흔여덟요."

"많이 살았네."

"예?"

"그렇잖아도 어제 꿈에 난데없이 초희 년이 보이더라니. 제 저승길에 초대하려고 온 게로군."

"하시는 거예요?"

"그럼 이년아, 싫다고 하면 두고두고 네년 구시렁 소리 들을 텐데 어찌 배기랴? 날 받아라, 이년아!"

"모레 자시요!"

규리는 기다렸다는 듯이 대답했다.

모레!

날이 잡혔다.

먼 날도 아니었다.

집으로 돌아온 승우는 민민을 향해 손을 내밀었다. 민민은 하르르 느낌도 없이 손바닥에 올라앉았다.

"민민!"

"네?"

"어젯밤 무섭지 않았어?"

"아뇨, 그런데 좀 심심했어요."

"미안."

"아저씨는요?"

"나도 좀 심심했어."

"이거 좀 봐."

승우는 샴펙나무 목곽 두 개를 꺼내놓았다.

"왜요?"

"민민, 혹시 어젯밤에 엄마 꿈 꾸지 않았어?"

"영령은 꿈을 꾸지 않아요."

민민이 가만히 고개를 저었다.

"그렇구나."

"왜 물으세요?"

"나는 네 엄마 꿈 꾸었거든. 뮤뮤……."

"……."

"엄마가 부탁을 해왔어. 민민을 한 번 더 살려보라고……."

"하늘로요?"

민민의 손이 허공을 가리켰다.

"아니, 여기 다!"

승우는 땅을 가리켰다.

"아저씨……."

"저번에 병원에서 본 꼬마 아이 있지? 엄마 아빠가 다 죽어서 부모가 없어."

"……."

"그런데다 식물인간이 되어 깨어날 가망성도 없고. 식물인간 모르지? 몸은 있지만 마음이 사라진 거야. 인형처럼… 그렇게 있다가 차차 죽어갈 거야."

"……."

"규리를 만나고 왔어. 그 아이 몸에다 너를 넣어주려고."

"아저씨."

"저번에 천도도 실패했잖아? 그것보다 더 안 될지도 몰라. 그래도 규리하고 나는 해볼 거야."

"아저씨……."

"그러니까 민민 너도 마음 단단히 먹어."

"……."

"잘되면 좋잖아? 나랑 장난도 치고 뒹굴기도 하고 목욕도 하고… 만지고 쓰다듬을 수도 있어. 네 엄마가 너를 나에게 맡긴 거 어쩌면 그러라고 그랬을지도 몰라."

"하지만……."

"우리 걱정은 말고 기도나 해. 잘되기를, 네가 그 아이 몸으로 들어가 다시 깨어나기를……."

"아저씨……."

승우는 하르르 떠는 민민을 가만히 안아주었다. 그리고 절실하게 기도했다. 이 위험한 시도가 성공하기를. 그리하여 두 아이를 살리는 기적을 낳기를.

＊　　＊　　＊

월요일!

출근한 승우를 조기호가 기다리고 있었다. 그가 들고 있는 건 수사 기록이었다. 희대의 사기사건을 자처해서 배정받은 모양이었다.

"곰곰이 생각해 보니 저도 놀만큼 놀았더라고요. 그래서 결심한 김에 노가다 좀 뛰어보려고요."

노가다치고는 판이 좀 컸다.

"600억대 사기범인데 필리핀으로 도피한 후에 죽었다는 소문이 있습니다. 아예 장례식 동영상까지 있더라고요."

조기호가 파일을 열었다.

"경찰 수사 기록 보니까 아무래도 냄새가 좀 나서요. 선배님이 말하는 저질 빠라끌리또들이 옆에서 돕고 있는 거 같은데… 이 인간 정말 죽었을까요?"

"살았어!"

승우는 단호하게 대답했다. 조기호가 보여주는 동영상. 영상이라 영기를 확인할 수는 없지만 죽은 사람의 얼굴이 아니었다. 아무리 봐도 사기(死氣)가 없는 것이다.

"그렇죠? 안 뒈졌죠?"

"잘해봐. 조 검사 본격 데뷔전으로 딱 맞는 사건 같으니까."

"옛썰, 많이 도와주시기 바랍니다."

조기호는 수사 기록을 안고 별관을 나갔다.

"조 검사님이 웬일이래요? 해가 서쪽에서 뜨려나?"

지켜보던 차도형이 고개를 갸웃거렸다.

"왜 그래? 조 검사도 이제 발동 걸린 거야. 내가 보증하지."

승우는 입가에 맴도는 미소를 감추지 못했다.

암!

그도 검사다. 탈선과 방황의 시간이 길었지만 반드시 밥값을 할 것이다.

그사이에도 새로운 사건이 속속 올라왔다.

—귀신 붙은 칼 사건.

—무당 딸 여고생의 살인 누명 사건.

—사람을 죽이는 장승과 돌절구.

—복지원 열두 여학생 성추행 사건 등등…….

하지만 오늘은 아무것도 손에 잡히지 않았다. 승우가 기다리는 건 오직 밤 11시의 자시였다.

*　　　*　　　*

디로롱동동!

늦은 오후, 청풍댁에게 전화가 왔다. 규리가 출발한다는 내

용이었다. 잠시 후에 또 한 통의 전화가 왔다. 그건 유정하였
다.

　─앞 커피점인데 커피 한잔 쏴드릴게요.

　나오라는 얘기였다. 시계를 보니 퇴근 시간. 어차피 일도 되
지 않아 자리를 털고 일어섰다. 이제는 지검 수사관들도 얼굴
을 아는 처지니 바로 쳐들어올 수도 있었다.

　"내가 생각해 보았는데요."

　커피점 테라스에 앉은 유정하가 입을 열었다.

　"우리 결혼하지 않을래요?"

　그녀의 손에는 장미 한 송이가 들려 있었다.

　"프러포즈는 남자가 하는 거 아닌가요?"

　승우가 물었다.

　"고리타분하게 그런 거 따져요? 콜이에요 뺀찌예요?"

　"어째 꽃이 협박용 사시미 칼로 보이네."

　"이렇게 예쁜 꽃을 그런 흉기에 비유를 하시다니⋯⋯."

　"내가 마음에 들어요?"

　"뭐 솔직히 말하면 한 60점⋯⋯?"

　"만점이 60점인가요?"

　"송 검사님!"

　"미안하지만 나 혼자 몸이 아닙니다."

　"예?"

"애가 있다고요. 다섯 살 아이……."

"지금 장난해요?"

"곧 입양할 예정이거든요."

"……?"

"그러니까 다른 남자 알아보세요. 법 밥 먹는 사람, 저기 지검 안에 널렸거든요."

승우는 담담하게 일어섰다.

유정하.

좋은 여자 같았다. 적극적이고 발랄한 아가씨. 명랑하고 긍정적인 데다 집안까지 빵빵한 여자였다. 모처럼 제대로 된 여자를 만났지만 일생일대의 중대한 일이 있는 날. 민민을 위해 모든 걸 집중해도 모자랄 날이었다.

"송 검사님!"

정하가 따라 나왔지만 승우는 바로 시동을 걸었다.

표표가 스쳐 갔다.

뮤뮤가 스쳐 갔다.

이강순의 뒤틀린 두개골과 함께 악마의 잔상도 스쳐 갔다.

목숨!

두 아이의 목숨이 걸린 일. 그 앞에서 사랑놀음은 사치에 불과했다.

"시작해 볼까?"

자시!

의사의 허락을 얻어 빈 병실로 자리를 옮긴 승우와 규리, 상주보살이 삼각을 이루며 자리를 잡았다. 그 가운데는 식물인간 송민이 놓였다. 여전히 의식이 없는 파리한 어깨 옆에는 민민. 샴펙나무 목곽 안의 코끼리를 모두 꺼내놓은 채 민민이 하르르거렸다.

흰 코끼리 아이라비타.

검은 코끼리 발루.

그들도 긴장한 건지 분위기는 장중하고 숭고했다.

"송 검사!"

"준비됐습니다."

"규리는?"

"저도요."

"청풍댁!"

신호를 받은 상주보살이 문 앞에 선 청풍댁을 돌아보았다. 청풍댁은 불을 끄고 문을 닫아주었다. 이제 그녀는 충실한 문지기로 남을 일이었다.

"天!"

"地!"

"人!"

규리가 첫마디를 떼자 바통은 승우와 상주보살 순으로 받았다. 가지런히 합장을 한 규리가 하얀 모시옷소매를 내밀었다. 그녀는 나비처럼 팔랑, 여섯 장의 부적을 놓았다. 황금빛 종이 위에서 부적의 신묘한 힘들이 꿀럭꿀럭 요동을 쳤다.

동서남북.

송민의 정수리와 가슴.

그리고 민민에게 한 장.

숫자 6.

완전수이자 천지창조의 날. 그리고 인간적인 수.

종교에서는 완벽한 7보다 다소 부족함이 있는 인간적인 숫자가 6이라고 칭한다. 여섯 부적이 자리를 잡자 서로 연결되는 희미한 육망성이 보였다. 규리도, 상주보살도, 승우도 모두 볼 수 있었다. 승우, 한껏 긴장하는 민민을 향해 찡긋 윙크를 날려주었다.

"워어이!"

마침내 시작을 알리는 규리의 일성이 터졌다.

"우워이!"

"훠어어!"

승우와 상주보살도 청신(請神)의 바통을 받았다. 사뿐, 규리가 신들의 강림을 바라는 몸짓을 하는가 싶더니 접신에 이어 신차를 이루어냈다. 승우는 그 뒤를 이었고, 상주보살 역시 이마 가득한 땀방울과 함께 신차에 성공했다.

"우어이!"

휘파람 같은 메아리와 함께 규리가 병실 안의 잡귀를 말끔히 몰아냈다. 균으로 치면 완전 멸균. 이제 병실 안에는 그 어떤 죽은 목숨의 흔적도 남아 있지 않았다. 그리고 규리, 당당하게 민민의 영령에 신차를 겨누었다.

'민민……'

승우도 모든 신력을 민민에게 맞췄다.

"휘이이휘이이!"

규리의 입소리와 함께 세 신력이 민민의 영령에게 쏟아졌다. 민민의 영령이 일그러지기 시작했다.

'민민……'

제발 버텨다오. 제발…….

간절함과 함께 민민의 영령이 육망성 안에 녹아들었다.

파아앗!

세 사람의 신차는 그침 없는 신력을 뿜어댔다. 마침내 육망성의 빛이 탱탱해지기 시작했다. 그리고, 울컥 공간을 흔들더니 신성한 가닥으로 형상화를 이루었다.

'제발…….'

승우의 바람은 오직 하나였다. 변호사 시험을 칠 때도, 검사 시험을 볼 때도 이토록 절실하지는 않았다. 이건 인간의 세속적인 바람과는 차원이 달랐다. 죽은 사람을 살리는 것이 아닌가?

화아앗!

빛은, 완전한 오렌지빛으로 병실을 물들여 버렸다. 차마 눈을 뜰 수 없어 눈을 감았다.

푸화악!

빛은 초신성의 폭발처럼 병실 안을 흔들고 또 흔들었다. 승우는 침대의 둥근 쇠봉을 잡고 주저앉고 말았다. 그러고도 여러 번, 초신성은 몇 번이고 반복되었다.

그러다 겨우 시야가 고요해졌을 때 승우가 눈을 떴다. 언제 그랬냐는 듯 다시 침묵의 어둠에 묻힌 병실, 맥없이 쓰러진 규리와 상주보살이 보였다.

'민민……'

송민은 그대로였다. 미동의 움직임도 보이지 않았다. 송민의 어깨 옆에 있던 민민조차 보이지 않았다. 구석의 어디를 봐도 없었다.

'실패인가?'

네모나고 둥그란 두 샴펙나무 목곽. 신성한 빛이 보이지 않았다. 절망이 가슴을 흔들었다. 어쩌면 영령의 민민마저 잃어 버린 모양이었다.

"아저씨……"

그때 규리가 깨어났다.

"규리야……."

"민민은요?"

"민민은……."

승우는 고개를 떨구었다. 순간, 승우 손목의 띠가 흰 폭광으로 변하기 시작했다.

"……?"

이어 흰 안개가 걸어 나왔다. 하얀 몸체로 승우 앞에 선 영령. 그건 뮤뮤였다.

'뮤뮤…….'

승우가 몸을 떠는 사이에 어깨 뒤쪽에서 오렌지빛이 밝아지기 시작했다.

"아저씨!"

규리가 소리쳤다.

빛!

빛!

오렌지 빛!

그 빛의 주인은 송민이었다. 그 아이가 눈을 뜬 것이다. 그리고… 믿기지 않을 소리가 밀려 나왔다.

"아저씨!"

"……?"

아저씨?

귀를 의심한 승우가 뒤돌아보았다. 혹시 민민이 뒤에 있을
지 몰라서였다.

"규리야!"

두 번째 송민의 말. 그제야 승우와 규리는 착각이 아닌 것
을 알았다.

"민민!"

승우과 규리가 민민에게 달려들었다.

"진짜 민민이야? 나 알아보겠어?"

"내 친구 규리. 애기선녀 새침이……."

"그럼 나는?"

승우가 고개를 들이밀었다.

"아저씨, 내가 세상에서 제일 좋아하는……."

세상에서 제일 좋아하는?

"민민!"

승우는 더 참지 못하고 민민을 껴안았다. 고맙습니다, 고맙
습니다를 연발하면서.

"고마워요, 아저씨!"

"아저씨라니? 내가 너 새로 태어나게 해줬는데 왜 아저씨
야?"

"그럼 뭐라고 불러요?"

"아빠!"

"아빠?"

"불러봐. 아빠라고."

"아저씨……."

"어서!"

"아빠……."

"그래, 한 번 더!"

"아빠!"

민민의 입에서 또렷한 발음이 나왔다.

"이제부터 내가 네 아빠야. 코리아 아빠. 알았지?"

"실은……."

민민, 콧날을 움찔거리더니 굵은 눈물방울과 함께 남은 말을 이었다.

"아저씨는 전부터 내 마음 속의 아빠였어요."

"민민!"

"아빠!"

승우는 으스러지도록 민민을 껴안았다. 민민의 볼에서 흐르는 눈물은 화상을 입을 정도로 뜨거웠다. 뜨거움을 비비며 승우는 느꼈다. 어딘가 허전한 마음 한편이, 뭔가 헐렁하던 심장 한 쪽이 팽팽하게, 아주 팽팽하게 채워지고 있는걸.

두 사람에게 뮤뮤가 다가왔다.

"엄마……."

민민이 울컥 눈물을 터뜨렸다. 뮤뮤는 민민은 부드럽게 안았다. 그리고 그 눈물을 쓸어주더니 사르르 흩어져 버렸다.

"아이, 참. 나도 좀 보게 비키세요. 민민은 자기 혼자 살렸나?"

멍한 승우 귀에 규리의 볼멘소리가 들려왔다. 그제야 승우는 민민에게서 물러섰다. 손목을 보았다. 거기 있던 흔적은 사라지고 없었다. 아무것도 남지 않은 것이다.

그런데!

민민의 환신 신차에 성공한 기쁨에 묻힌 일이 있었다. 상주보살이 치명상을 입은 것.

"어머니!"

놀란 규리가 상주보살에게 다가섰다.

"미친년, 이만한 일에 놀라긴……."

"많이 아파요?"

"이년아, 내 나이 되어봐라. 안 아픈 데가 있나."

"어머니……."

"송 검사……."

상주보살이 승우를 바라보았다.

"예?"

"머리 위의 수호령… 송 검사 엄마 강초희가… 나를 부르고 있네."

"보살님……."

"마지막까지 현역 무속인으로 갈 수 있게 해줘서 고맙네."

"……."

"초희, 저년도 이제 나 괄시 못 할 거야. 이건 저년도 꿈도
못 꾸던 일이거든."

"보살님……."

"미안하지만 규리를 좀 부탁해도 되겠나?"

"걱정 마십시오."

"이년아, 검사님 말 잘 듣고……."

"어머니!"

"저놈, 오래 살 거야. 암……."

상주보살의 시선이 민민에게 건너갔다.

"이렇게 무리일 것 같으면 말씀을 하시지……."

승우는 목이 메었다.

"진정한 무속인이라면 제 목숨 던져 다른 사람 목숨 구하
는 것도 영광이지. 세상은 윤회요 순환이니 늙은이 가고 저
어린 게 오니 합당한 이치야."

"……."

"아가, 이리 오렴. 규리 너도……."

상주보살이 두 손을 내밀었다. 그 한 손은 민민이, 또 한 손

은 규리가 잡았다.

"이만 하면 내 무속인 삶도 괜찮았지?"

상주보살은 조용한 미소로 승우를 바라보며 숨을 거두었다.

*　　　*　　　*

보슬비가 찻창을 타고 흘러내렸다. 비는 상주보살을 단양 땅에 묻고 돌아올 때부터 승우의 어깨를 적시기 시작했다. 그 푸른 비를 맞으며 규리와 민민은 작별 인사를 나누었다. 전과 달리, 사람끼리의 작별을.

규리는 승우의 서울행 권유를 당차게 사양했다.

"어머니가 선택한 땅이잖아요."

그러니 여기서 살 거예요. 승우는 더 말릴 수 없었다. 어린 아이지만 엄청난 신력을 가진 규리. 나이로 판단하면 큰코다칠 만큼 단단한 아이기 때문이었다.

"놀러 와, 민민. 전화 자주하고."

규리는 민민의 이마에 뽀뽀를 작렬해 주었다. 민민은 연분홍 진달래처럼 얼굴을 붉혔다.

"너 영령일 때도 그랬니?"

승우가 비밀스레 묻자 민민의 볼은 더욱더 붉어졌다.

송민!

이제는 송민민.

그날 환신신차에 성공한 민민은 퇴원을 했다. 승우가 입양
하는 형식이었다. 동시에 법원에 개명도 신청했다. 그래서 송
민은 송민민이 되었다.

그토록 바라던 민민의 몸. 그걸 얻은 것이다. 그날 밤, 민민
은 꿈에서도 뮤뮤를 만났다고 한다. 엄마가 환한 달처럼 웃었
단다.

실은 그날, 승우도 뮤뮤를 꿈에서 만났다. 그녀, 큰절을 다
시 올리며 고맙다고 했었다. 그 말은 민민에게 전하지 않았다.
정말이지 생색 같은 건 내고 싶지도 않았고, 눈을 뜨면 실체
의 민민이 곁에 누워 있는 게 믿기지 않는 승우였다.

차를 두고 민민과 함께 나왔다. 연가를 낸 3일 동안 빗발치
듯 전화를 건 사람이 있었다. 유정하였다.

"……!"

약속 장소에 승우가 민민을 데리고 등장하자 정하의 눈은
무한 확장되었다.

"입양한 아들입니다."

승우는 민민의 어깨를 부드럽게 짚은 채 자랑스럽게 말했
다.

"송 검사님……."

"전에 말했잖아요. 그럴 예정이라고······."

"잠깐만요."

유정하는 뭔가 생각난 듯 검색어를 눌러댔다.

"그 애는 식물인간 시인 가족······."

"쉬잇!"

"······."

"그건 어떻게 알았대요?"

"송 검사님 때문에 검찰 사건들 빠짐없이 읽고 있잖아요."

"믿을지 모르지만 내가 식물인간에서 깨웠어요. 어쩌면 전생에 내 아들이었을 것 같아서 말이죠."

"내 그림자에서 악령 주술을 몰아내듯 초자연적인 힘으로 말이죠?"

"······."

"······."

"이해가 안 될지도 모르지만 그래도 이해해 주면 고맙겠어요."

"······."

"이제 저 별 볼 일없죠?"

승우가 물었다.

"······."

"그만 갈게요."

"누가 그래요?"

민민을 데리고 돌아서는 승우의 손목을 정하가 잡았다.

"예?"

"별 볼 일 없다고 누가 그러냐고요?"

"정하 씨……."

"솔직히 나도 애 낳고 싶은 생각 없거든요. 그러니 이만한 아들 있으면 더 땡큐죠, 뭐."

"농담 마시고……."

"이게 지금 농담할 자리로 보여요?"

"……."

"애 배 고프겠네. 뭐 맛있는 거라도 먹을 수 있는 데로 가요."

정하는 승우가 뭐랄 사이도 없이 민민을 번쩍 안아 들었다. 밖으로 나온 그녀는 민민을 노랑 포르쉐에 태웠다.

"조금 기다려. 뚜껑 닫아줄……."

정하가 버튼을 눌렀지만 오픈카는 꼼짝도 하지 않았다.

"아이, 씨……. 아까도 안 되더니… 안 되겠다. 일단 응급조치."

정하는 양산을 꺼내 민민에게 씌워주었다.

"뭐해요? 빨리 타라니까."

저만치에서 지켜보는 승우를 재촉하는 정하. 승우는 천천히 차로 다가왔다.

"후회할 짓은 하지 않는 게 좋아요. 나하고 민민은 특별하지만 정하 씨는……."

승우는 민민을 잡아끌었다. 하지만 민민은 내리지 못했다. 정하가 잡고 놓아주지 않았다.

"왜 내가 후회한다고 속단하는 거죠?"

"부모님이 그냥 있겠어요? 나야 부모님도 안 계시지만……."

"그냥 안 있으면요?"

"……?"

"당신만 한 검사가 이 나라에 있어요? 사건으로 희생된 고아 아이를 살려내고, 그것도 모자라 아들로 입양했어요. 우리 부모님이라고 해도 감히 당신을 손가락질할 수는 없어요."

"정하 씨……."

"전에 내가 규리에게 가서 점 보고 왔다고 했었죠?"

"예……."

"그때 법 밥 먹는 사람은 바로 당신이었어요."

"……?"

"그 애가 그랬어요. 당신과 나는 이 현세에서 반드시 부부의 연으로 살 거라고."

"……."

"그 애 용하다면서요? 요즘 엄청나게 뜨고 있더군요."

"정하 씨……."

"당신이 추천해 주고는 당신 입으로 부정할 건가요?"

"그건 아니지만……."

"기왕 부부로 살 거면 빨리 결정해요. 괜히 사람 애간장 끓이게 하지 말고."

"……."

"민민 때문에 그러면 민민에게 직접 물어봐요. 내가 엄마가 되는 게 싫은지 좋은지."

"……."

"민민, 네 생각은 어때?"

정하의 시선이 민민에게 향했다. 승우 시선도 따라갔다. 승우와 정하를 찬찬히 바라본 민민, 고개를 떨구며 나지막이 대답했다.

"나는 좋아요."

"봤죠?"

정하의 목소리에 자신감이 불뚝 들어갔다.

"민민……."

"확정 판결 끝났어요. 검사가 되어가지고 치사하게 불복인가요?"

"항소는 검사에게 보장된 권리거든요."

"아, 진짜……."

"정하 씨……."

"우리 민민 배고프다고요. 빨리 냉큼 못 타요?"

허얼!

"안 타면 민민이랑 나랑 둘이 가버릴 거예요."

"예?"

민민을 보았다. 민민은 쭈뼛쭈뼛, 입장 곤란한 표정을 짓고 있었다. 자식, 벌써부터 예쁜 건 알아가지고. 별수 없이 민민을 무릎 위에 올리고 조수석에 앉았다. 볼모가 된 민민 구하기. 아들이 아버지의 이 깊고 넓은 마음 따위를 알 리 없다.

"시트 벨트 매요!"

"예? 예……."

"뭐가 에에요? 그리고 우산 좀 똑바로 받쳐요. 우리 민민 젖잖아요."

"아, 뚜껑을 닫으면 될 거 가지고……."

"이 좋은 날 왜 뚜껑을 닫아요? 시원하게 열어놓고 달려야죠. 그렇지, 민민?"

성격답게 청량하게 소리친 정하가 시동을 걸었다.

부릉!

부릉!

승우 인생에도 새 시동이 걸렸다. 민민에 이어 또 하나의 진짜 빠라끌리또가 생긴 날이었다.

좌 정하 우 민민!

지구가 다 내 것 같은 날.

바아앙!

포르쉐는 지구 끝까지라도 달려갈 기세로 폭주하기 시작했
다.

에필로그

6개월 후!

이른 아침 승우는 인천국제공항에 도착해 있었다.

"아빠!"

뒷좌석에서 내린 민민이 달려와 승우 손을 잡았다. 체온이 정답고 따뜻하다. 민민은 더 이상 빛이 아니었다.

"민민, 엄마는!"

선글라스를 머리에 얹은 정하가 볼멘소리를 냈다.

"엄마도!"

민민은 정하를 당겨 손을 잡아주었다. 건널목을 건너면서 민민은 승우와 정하가 만들어준 손목 그네를 탔다. 두 손으로 질끈 매달리면 다리가 뜨는 것이다. 민민이 꼭 해보고 싶은 일이었다.

"민민, 너 때문에 엄마 팔에 근육 생기겠어."

정하가 엄살을 떨었다.

"엄마 순 뻥인 거 알지? 사실 엄마가 아빠보다 힘이 세거든."

승우는 슬쩍 남자끼리 귀엣말 신공을 펼쳤다. 민민은 듬직하게 고개를 끄덕하며 웃었다. 영락없는 귀염둥이다.

그사이에 민민의 영적 능력에도 변화가 생겼다. 사람 몸을 가진 후부터 신성한 코끼리 아이라비타와 발루를 다루는 능력을 잃어버렸다. 그러다 최근 들어서야 조금씩 코끼리들을 움직이게 되었다. 말하자면 완전 초보로 돌아간 것이다.

그래도 승우는 초조하지 않았다. 민민의 나이 이제 겨우 다섯 살. 저 밤하늘에 걸린 별보다 많은 날들이 그 앞에 있기 때문이었다.

공항 안에 들어서자 한쪽 벽에 걸린 대형화면에서 뉴스가 흘러나왔다.

―다음은 검찰 드림팀 수사 속보입니다.

앵커의 말과 함께 화면에 세 검사의 모습이 나왔다.

조기호! 김혁! 그리고 송승우!

카리스마 넘치는 세 검사의 활약상은 화면을 뜨겁게 달구었다.

—검찰 사상 최고의 드림팀으로 평가받고 있는 특별팀에서 지난 밤 또 한 건의 쾌거를 올렸습니다. 송승우 검사를 리더로 하는 특별팀은 5조 원대 국방비리와 어린이 연쇄실종 사건을 해결한 지 3주도 되지 않아 지난 대선비리의 주범으로 불리던 국가 고위직의 대선 개입 증거를 잡아 관련자 20여 명으로부터 증거를 찾아내는 개가를 올렸습니다. 이들은 과학과 심리, 초자연적 수사기법을 망라한 전방위 수사망으로 관련자들의 범죄사실을 낱낱이 입증하여 선거사범은 당선만 되면 흐지부지된다는 오랜 관행에 철퇴를 가하고…….

"아빠 나와요."

민민이 화면을 가리켰다.

그러자,

"송승우 검사다!"

"어머, 정말!"

출국장 앞에 있던 인파들이 승우를 알아보고 박수를 쳐 주었다.

"나도 팬이에요."

정하도 박수를 보냈다. 맺고 끊는 게 화끈할 정도로 확실한 그녀는 승우의 팬이자 지지자, 동시에 살뜰한 아내가 된지 오래였다.

승우는 군중들에게 겸손하게 묵례로 답하고 시계를 보았다. 양곤에서 방콕을 거쳐 오는 표표가 도착할 시간이었다.

'표표……'

직항표를 보내겠다고 했지만 그녀는 굳이 싼 표를 원했다. 그래서 별수 없이 태국을 길게 경유하는 표로 교체했다. 승우는 그녀를 잊지 않고 있었다. 이 세상, 그녀만큼 숭고한 충성심을 가진 사람이 어디 있으랴?

그래서 초대하게 되었다. 새 생명을 얻은 민민을 보여주고도 싶었다. 그녀에게 진짜 한국을 보여주고 싶었다. 이강순처럼 뒤틀린 인간이 한국인의 대표는 아니라는걸. 한국인의 마음에 흐르는 따뜻한 정서의 강을.

"저 여자 같은데요?"

멀리 표표가 보이자 민민의 팔을 잡고 있던 정하가 눈짓을 했다. 그녀가 맞았다. 단정하고 침착한 걸음걸이. 그러면서도 한 점 흐트러짐 없는 모습. 미얀마에서 또 하나의 고난을 넘어선 작은 거인답게 위풍당당해 보였다.

"검사님!"

그 표표가 승우 앞에 섰다.

"오느라 고생했어."

승우가 대답했다.

"민민은요?"

표표가 물었다. 순간 그녀의 옆구리를 노크하듯 찔러대는 손가락이 있었다. 승우가 그 손의 주인을 가리키자, 표표가 돌아섰다.

"밍글라바, 표표!"

밍글라바!

환한 미소를 머금고 선 꼬마는 민민이었다.

"걔가 바로 민민이야!"

승우가 웃었다.

"민민 도련님!"

말이 끝나기도 전에 표표가 민민을 안아 들었다. 민민을 끌어안고 어쩔 줄 모르는 그녀의 얼굴은 그새 눈물범벅으로 변했다.

"아, 진짜… 우리 민민 인기는……."

승우 팔짱을 낀 정하가 하얗게 웃었다. TV 속 화면에서는 여전히 승우와 김혁, 조기호의 활약상이 그치지도 않고 새어 나오고 있었다.

『빠라끌리또』 완결

외전
반남반녀

(주―시점은 민민이 빙의, 환생하기 이전입니다.)

"대통령께서 깊은 관심을 가진 사건이라네."

검찰총장, 승우와 조찬을 함께 하는 자리에서 입을 열었다. 그의 옆에는 법무부 장관과 경찰청장이 자리를 잡고 있었다. 검경 최고위직들이 함께한 자리. 이유는 대통령 때문이었다.

지난한 의문사와 미해결 사건을 하나하나 헤쳐나가는 승우의 별관팀. 그렇기에 이 해묵은 사건도 진실이 밝혀질까 기대를 거는 모양이었다.

대통령.

대통령이 되기 전부터 이 사건에 관심이 많았단다. 초유의 참혹한 사건, 대한민국 검경이 다 동원되고도 미궁에 빠진 사건이기 때문이었다.

"최선을 다해보겠습니다."

부담 백 배!

그럼에도 승우는 제안을 받아들였다.

그러나!

대통령의 관심 때문은 절대 아니었다.

'이 사건……'

승우도 몇 번 보았던 건이었다. 손대고 싶은 건이었다. 그러나 우선순위에서 밀렸다. 온갖 경로로 쏟아지는 사건이 산더미를 이루는 까닭이었다.

수사 자료가 별관에 밀려들기 시작했다.

대통령의 특별 지시.

검찰에는 총장 명의로 총력 지원령이 떨어졌고, 경찰 역시 청장 명의로 특별 지시가 떨어졌다. 자료는 어마어마했다. 전산화된 부분은 파일로, 그렇지 않은 부분은 누렇게 바랜 종이 박스 채로 도착하니 사무실 하나를 채우고도 남았다.

그 분류부터 산 너머 산이었다. 그마나 파일은 나았다. 검색이라는 마법어 덕분이었다.

하지만!

박스에 담긴 서류는, 나름 분류가 되었다지만 현재의 수사 기준에 맞춰 새로운 정리가 필요했다. 노가다가 따로 없었다.

조사실에서 여직원 셋이 지원차 올라왔다. 경찰에서도 경찰대학을 나온 초급 간부 둘이 투입되었다. 나흘 정도 자료와 씨름하자 파일과 일치되는 서류들이 눈에 띄기 시작했다.

반남반녀!

해묵은 사건이 마침내 먼지를 썻고 나왔다.

반남반녀!

이 사건은 20여 년 전에 대한민국을 공포의 도가니로 몰아넣었던 사건이었다.

당시에 기사 제목을 본 사람들은 고개부터 갸웃거렸다. 자웅동체라는 소리일까? 반인반마의 켄타로우스는 알아도 반남반녀는 선뜻 떠오르지 않았던 사람들.

"남녀의 그것이 다 달린 인간?"

사방지?

"성전환 수술자?"

레이디 보이?

사람들의 상상력이 번져갔지만 어느 것 하나 적중되지 않았다.

반남반녀!

기사가 말하는 반남반녀의 의미는 잔혹함의 절정이었다.

서울의 한 종합병원,

수련의 휴게실에서 남자의 상체가, 그 가까운 처치실에서 여자의 하체가 발견된 전대미문의 사건이었다.

둘이 합치면 한 사람.

그러나 성(性)이 다르니 그건 답이 되지 않았다.

사체의 상체는 딱 배꼽까지 잘렸고, 주인공의 한 명은 그 병원의 꽃미남 수련의 김기호였다. 또 하나 하체의 주인공… 그녀 역시 병원의 대표 미녀로 불리던 미모의 여자 수련의. 여자의 하체 역시 배꼽 아래가 절단되어 있었다.

둘이 합치면 정확히 한 사람이 되는 반남반녀의 초엽기적인 변사체.

—나이는 스물여덟 동갑.

—둘 다 같은 병원 수련의.

—전도유망한 의사들…….

몇 몇 자료부터 언론과 국민들의 주목을 받기에 충분하고 남았다.

물론, 처음에는 하체의 주인을 모르는 상태였다.

이 엽기적 변사체의 상체를 처음 발견한 사람은 수련의 김기호의 연인 이태란이었다.

그날 병원은 다소 어수선하게 하루를 시작했다. 아침이 되자 성형외과의 수술 부작용을 항의하는 시위가 있었고 이태란이 도착하기 전에는 또 다른 소동이 있었다. 주차장 구석에 있는 앰뷸런스에 불이 났던 것. 화재는 큰 피해 없이 진압되었다.

이틀 거푸 밤샘 당직을 하고 곤한 잠에 빠졌을 전도양양한 수련의 애인. 그를 위해 입맛 나는 도시락을 정성껏 싸온 그녀. 사랑하는 애인과의 달콤한 키스라도 상상하며 문을 열었지만.

"……!"

그녀를 반긴 건 핏빛 처참한 지옥이었다.

반듯하게 잠든 것으로 보이는 수련의.

그러나 방 안을 가득 메운 피비린내와 질퍽한 공포감.

피에 젖은 담요를 걷어 내린 그녀는 병원이 무너지고도 남을 비명을 내질렀다.

까아악!

"으워워어!"

그 비명이 아직까지 서류에 묻었을까? 경찰수사 기록을 다시 정리하던 권오길도 간간히 몸서리를 쳤다.

비명 아래로 이어진 조서기록은 이랬다.

배꼽…….

담요로 덮인 그 부분에서부터 이상했다. 그녀는 떨리는 손으로 담요를 더 걷어내렸다. 그러자 별안간 스러지는 벼랑이 나타났다. 배꼽 아래부터 하체가 사라진 것이다.

"까아악!"

이태란은 목구멍이 찢어지는 비명을 또 한 번 내질렀다.

비명을 듣고 첫째로 달려온 사람은 병동 간호사였다. 이어 주변의 환자와 보호자들, 그리고 의사들이 달려왔다.

"우어어!"

그들은 한결 같이 비명을 지르며 엉덩방아를 찧었다. 하체가 사라지고 혈흔이 낭자한 사체. 인간이라면 어찌 질겁하지 않을 수 있을까?

띠뽀띠뽀!

강력반이 황급히 출동했다.

노련한 형사들은 사인을 짐작했다. 수련의의 목에 뭔가로 조른 흔적이 있었던 것.

무엇보다!

남자의 절반, 절반을 찾아야 했다. 강력반장의 지휘 아래 침대 아래와 변기, 기타 쓰레기통과 구석구석을 모두 뒤졌다. 작은 옷장에서는 사진 한 장이 떨어졌다. 사진은 미모의 여자 의사였다. 짧은 스커트 사이로 드러난 매끈한 다리가 눈부셨다.

반장은 문득 최초 목격자를 바라보았다. 그러고는 바로 사진을 숨겼다. 차마 지울 수 없는 충격으로 새처럼 떨고 있는 최초 목격자. 동시에 수련의의 애인으로 알려진 여자. 그런데 사진은 그녀가 아니기 때문이었다. 게다가 이태란은 휠체어에 의존하는 하반신 장애인…….

휴게실에 딸린 화장실을 열었다.

변기는 혈흔과 피떡 범벅이었다. 혹시 그곳을 통해 사체의 절반을 조각내 버렸나 의심이 들었다. 경찰은 즉시 정화조를 뒤졌다. 혈흔은 나왔지만 인육이나 뼈 부산물 등은 보이지 않았다.

그때!

복도에서 다시 비명이 울려왔다.

"까아악!"

이번에는 간호사의 목소리였다. 형사들이 쫓아간 곳은 층마다 딸린 환자 처치실이었다. 간호사는 주저앉은 채 침대를 가리켰다.

사체가 있었다.

하체였다.

그런데… 피부색깔이 지나치게 희었다. 더구나 야시시한 분홍빛 팬티를 걸친 사타구니… 갓 샤워를 끝내고 우유라도 바른 듯 뽀얀 피부색… 밋밋한 둔덕에 난 솔밭… 남자가 아니라 여자였던 것이다.

'맙소사!'

남은 절반을 발견했다는 안도가 지옥 같은 절망으로 바뀌는 순간이었다. 둘을 합치면 하나가 되었다. 하지만 이제는 절반이 아니라, 절반짜리 사체 두 구를 찾아야 할 판이었다.

그러다 반장, 문득 주머니에 쑤셔 넣은 여자의 사진이 생각났다. 그걸 꺼내 새로 발견된 여자의 하체와 비교했다. 예쁜 여자의 몸. 그저 순전히 본능적인 직업 습관일 뿐이었다.

"······!"

강력반장, 뒤통수가 아파왔다 하체의 주인이 사진의 주인일 거라는 예감이 불길하게 스쳐간 것이다.

—휴게실에서 발견된 수련의 반 토막 변사체 발견.

—복도 건너 15여 미터를 사이에 둔 처치실에서 여자의 반 토막 발견.

다른 점은 그쪽 화장실은 깨끗하다는 점. 그러니까 여자의 사체는 처치실이 아니라 다른 곳에 잘렸다는 의미였다.

어쩌면!

남자 수련의의 방에서 함께 토막낸 후에 옮겼을 수도 있었다.

반장은 사진 속의 여자 신변부터 확인했다. 어렵지 않았다. 사진 속의 그녀가 의사 가운을 입고 있었기 때문이었다.

그녀는 다른 과의 수련의였다.

병원에 없었다.

오늘이 근무 오프였다.

연락은 되지 않았다.

이 사체가 그녀일지 모른다는 생각이 들지만 하체만으로 신원을 확인하는 건 불가능. 요즘 같은 수사 환경이 아니라 유전자 검사도 할 수 없었다.

언론이 발칵 뒤집혔다.

병원은 더 뒤집혔다.

입원 환자들이 상당수 퇴원하고, 예약 환자가 진료를 취소하는 등 엄청난 파장이 밀어닥쳤다. 그로부터 이틀 후.

따르릉!

경찰서 전화기가 숨 가쁘게 울렸다.

교외의 한적한 하천 다리 밑에 변사체가 있다는 신고였다. 현장으로 출동한 경찰은 잔혹함과 악취에 몸서리를 쳐야 했다.

구석진 곳에 반듯하게 누운 변사체…….

얼굴을 보니 여자였다. 하지만 하체는… 풍성한 바지를 걸친 것처럼 아귀가 맞지 않았다. 무엇보다 부조화는 여자의 매끈한 몸매와 달리 불쑥 솟아오른 페니스였다. 하얀 팬티가 붉게 물든 모습. 하체는 놀랍게도 남자의 것이었다. 병원에서 그토록 찾던 두 남녀의 나머지 부분이 합체된 채 발견되었다.

합체!

지옥 강림보다 더한 충격.

"우어억!"

현장 감식을 나왔던 경찰들은 창자가 꼬이도록 토악질을 해댔다. 예외 따위는 없었다.

부검 결과 경부 압박에 의한 사체는 질식사로 나왔다.

〈살해 후, 2차 사체손괴로 추정됨〉

즉, 신체 절단은 숨이 끊어진 직후에 특별한 톱과 칼로 잘라냈다는 것.

〈현장 수거물에서 특정 단서는 나오지 않음〉

상황은 쉽게 정리되었다.

원한에 의한 치정살인!

애당초 예상은 했지만 특수 톱이 동원된 것에 대해 경찰은 치를 떨었다. 뼈에 사무친 원한이었다. 그렇지 않고서야 이렇게까지 잔혹한 손괴를 할 리 없다는 게 당시 수사진의 판단이었다.

용의선상에 오른 사람은 모두 넷이었다.

1) 최초 목격자 이태란.

2) 여자 수련의의 선배 의사 박선웅.

3) 환자 보호자 강택근.

4) 환자 신석재.

이태란이 용의 선상에 오른 건 기본이었다. 최초 목격자나 신고자는 대개 범인일 수도 있기 때문이다. 그만한 정황도 있었다. 피살 의사의 어머니로부터 그녀가 아들을 귀찮게 하고 있다는 제보를 받은 상황.

박선웅은 삼각관계로 오해를 받았다. 그는 죽은 수련의 유나영의 직속 선배였다. 그녀를 좋아하는 마음이 있었다. 게다가 호흡기 감염보호장구를 만진 적이 있었다. 의료진들이 사용하는 그걸 착용하고 사체 절단 후 은닉했을 가능성이 전문가들에 의해 제기되었다. 그의 신분은 의사였기에 다른 용의자들과 달리 보호장구를 용이하게 손에 넣을 수 있는 위치였다.

마지막으로 신석재와 강택근은 입원 환자 혹은 환자의 보호자였다. 그들은 김기호에게 감정을 가지고 있었다. 특히 강택근의 경우 김기호의 처치 잘못으로 와이프가 중태에 빠졌다고 항의를 한 적도 있었다.

수사 중에 김기호의 양다리는 사실로 드러났다. 그가 대학 때부터 사귄 이태란을 두고 유나영과 만나는 걸 본 사람이 많았다. 당시는 삐삐의 시대였다. 기록을 조사하니 서로 은밀한 콜을 하거나 자기들만의 숫자를 주고받은 기록이 나왔다.

이들 중 이태란과 박선웅이 집중 수사를 받았다. 이태란의 경우에는, 피살자 부모의 의견도 있어 부득 인권 시비를 무릅쓰고 하반신까지 조사하게 되었다. 거기에는 한 형사가 제시한 기발한 사체 운반법도 한 몫을 했다.

그건 정말 상상 너머의 것이었다. 하지만, 동시에 가능한 일이었다.

간단히 짚어보면 이렇다.

이태란이 범인일 개연성.

수사 중에 최근에는 피살된 의사와 사이가 좋은 편이 아니라는 평이 나왔다.

만약 이태란이 범인이라면,

하체가 없는 몸이라면,

어디선가 유나영을 죽여 그 하체를 자기 몸의 하체인양 휠체어로 걸치고 병원으로 온다. 빈 처치실에 그 사체를 내려놓는다. 그리고 김기호를 살해한다. 사체를 절단한 후 같은 방법으로 남자의 하체를 외부로 반출한다. 그러고는 다시 돌아와 태연하게 최초 목격자 행세를 한다. 이렇게 되면 수사는 일대 혼선에 빠진다. 범인이라면, 그걸 노릴 수도 있었다.

물론 몇 가지 난제가 있었다.

이태란은 장애인.

더구나 여자……

하반신을 못 쓰는 사람이기에 행동에 제약이 따른다. 그런

몸으로 건장한 남자를 쉽게 제압할 수 있을까?

어쨌든 경찰은 이태란의 하체를 확인했다. 작은 가능성도 무시할 수 없었기 때문이었다.

그런데…….

이태란은 하체가 있었다. 비록 마비로 인해 기능을 잃기는 했어도 한 쪽은 완전한 형태, 반대쪽은 허벅지 바로 아래서 절단된 상태. 형사의 추론은 빗나갔지만 의족을 벗겨다 국과수에 맡겼다. 감정 결과 아무것도 나오지 않았다. 경찰은 그녀에게 정중한 사과를 올려야 했다.

〈이태란 혐의 없음!〉

이어 박선웅도 수사선상에서 제외되었다. 두 사람의 사망추정시간으로 밝혀진 시간에 그는 수술실에 있었다. 같이 있던 스태프가 무려 여섯 명. 게다가 행방이 모호했던 감염보호장구 하나의 소재가 명백해져 재론의 여지가 없었다.

〈결국 박선웅도 혐의 없음!〉

마지막으로 강택근과 신석재의 수사는 좀 오래 갔다. 실제로 둘은 김기호에게 해를 끼칠 의사가 있었다. 강택근의 경우에는 칼까지 준비한 상태였다. 하지만 그 역시 알리바이가 확실했다. 사건 당일, 지방 출장으로 인해 서울에 없었던 것. 출장으로 물건 계약까지 체결했고 만난 사람이 넷이었기에 도리가 없었다. 신석재 역시 대동소이했다.

(강택근, 신석재 혐의 없음!)

김기호의 사망 추정 시간에 맞춰 병원 입구의 CCTV를 뒤졌지만 소득은 없었다. 형식적으로 달아놓은 CCTV라 화질이 불량해 얻을 게 없었다. 당시의 CCTV는 이런 경우가 많았다. 병원 관계자와 같은 층 환자, 보호자, 심지어는 간병인과 종교 전파자들까지 뒤져도 단서 비슷한 것도 보이지 않았다.

일이 이렇게 되자 수사의 방향은 물건 운반장구인 카트나 환자용 침대 쪽으로 옮겨갔다. 시신의 절반을 빼가고 빼오려면 그런 게 필요했을 거라는 판단. 같은 날 사건 동에 출입한 의료기기업자나 수리업자 등을 체크했지만 역시 소득 무.

맥은 갈수록 풀려갔다.

이날 병원의 특이점은 수술 부작용 항의단과 앰뷸런스에 화재가 났던 것뿐. 조사 결과 화재는 본 사건과 연관이 없는 것으로 알려졌다.

대신 이런저런 소동만 커졌다. 병원이기에 여기저기 혈흔이 보이는 건 당연한 일. 그러나 하다못해 화장실에 버려진 소독 솜에 피만 묻었어도 신고가 들어왔다. 수사진의 피로도를 가중시키는 일이었다.

이후 한차례 수사진을 긴장시키는 일이 더 일어나긴 했다. 한 장애인이 '김기호와 유나영은 내가 잘랐다.' 라는 출력물을 남기고 목을 매달아 죽은 것이다. 그의 이름은 장진석.

수사결과 이 남자는 두 남녀와 아무런 연관이 없었다. 더구나 자필도 아니고 프린터 출력물. 잉크는 그 남자 소유의 프린터와 동일했다.

일각에서는 그가 범인일 거라는 의견도 나왔다. 하지만 그러기에는 다른 증거가 너무 부족했기에 그렇게 연결시키기는 어려운 일이었다.

결국 사건에 대한 진실 규명은 미제로 남은 채 6개월 만에 수사본부가 해체되었다. 지금으로부터, 무려 20여 년 전의 일이었다.

별관팀의 첫 토론 대상은 유서를 남기고 자살한 장애인이었다.

우선 범인이 아니다라는 쪽!

그가 범인이라면, 그래서 죄책감에 자살을 선택했다면 유서와 반성이 너무 무성의하다는 게 이유로 나왔다. 자살할 만큼 죄책감이 무거웠다면 그 반성 또한 통렬했을 일이었다.

다음으로, 범인이다라는 주장 쪽!

"죄책감이 크다고 반성 또한 통렬하라는 법은 없죠."

이 의견 또한 틀린 건 아니었다. 2000년을 전후하면서 개인주의가 극성을 부렸다. 심지어는 묻지마 살인도 종종 나왔다. 그러니 무조건 배제할 수는 없는 일이었다.

그러나 결국 이 가능성은 검토 대상에서 후순위로 밀렸다. 장진석은 그의 생애 내내 피살된 두 남녀와 가까이 산 적이 없었기 때문이었다.

다음으로 논의된 게 이태란이었다.

그녀… 어떻게 장애를 가진 몸으로 수련의와 교제하고 있었을까?

알고 보니 그녀의 장애는 몇 해 전에 생긴 교통사고로 인한 것이었다. 둘은 그리 넉넉지 않은 집안의 대학생들. 김기호는 편모슬하였고 편모는 선천장애를 가지고 있었다.

의대 학비를 대기 부담스러운 김기호에게 이태란은 알바를 하며 학비 지원을 해주었다. 알바가 쉬는 날 부모님과 나들이를 가다가 대형 교통사고 난 이태란, 그러나 아버지의 운전 미숙 과실이 커서 겨우 본인의 하반신 마비에 대해서만 보상금을 받은 형편. 하지만 그 돈조차 아까지 않고 계속 김기호를 후원했다.

그런데 의사가 되자 양다리를 걸친 김기호… 이태란이 인지하고 있었다면 배신감 때문에 잔혹한 범죄를 저지를 개연성이 있었다.

하지만 그녀는 가장 큰 피해자 중의 하나였다. 게다가 하반신마비 장애인으로 그런 기동력을 가질 수 없다는 판단이 압도적이었다. 당시 국과수의 휠체어 감정에서 일부 혈흔 정도가 묻은 정황도 참작되었다. 그녀가 사체를 잘랐다면 살점이 튀고 피범벅이 되어야 했다.

마지막 논의의 대상은 당시 수사진이 파악하지 못한 제 3의 인물. 이건 대체로 공감하는 허점으로 등장했다. 그 이유로는 사건 병동 환경이 복잡했기 때문이었다.

"병원… 목격자가 많을 것 같지만 오히려 서로 관심이 없습죠. 서로 자기 몸 챙기기 바쁜 곳이니……."

석 반장이 조심스레 의견을 피력했다.

"공감합니다. 수사 기록 중간에 보면 당시 경찰이 휠체어로 사체를 운반했을 가능성을 짚었던데 병원에 휠체어가 한둘입니까? 게다가 다 환자들이니 설령 어디서 피가 좀 보인다고 해도 신경 쓰지 않을 겁니다. 실제로 내가 입원해서 보니까 다른 환자가 부작용으로 피가 줄줄 배어나오는 데도 다들 무관심하더라고요."

이번에는 유 계장.

"병원에는 워낙 많은 환자들이 이동침대에 실려 다니는 데다 검사 물품 같은 것도 시도 때도 없이 들어오고 나가니 그럴 수도……."

이건 권오길…….

"하긴 의사라면 자신도 모르는 사이에 환자들의 원한 대상이 될 수도 있겠지요. 병이 악화되거나 수술 경과 같은 게 좋지 못하면……"

마지막은 차도형이 장식했다.

결론은, 다시 원점으로 돌아갔다.

당시 수사진보다 불리한 상황이었다. 그사이 20여 년이 흘렀기 때문이었다.

승우는 김기호와 유나영의 납골묘부터 찾아갔다.

둘의 영기 파악이 필요했다. 다행히 둘은 한자리에 있었다. 납골당 직원이 이유를 설명해 주었다.

"안치하고 2년쯤 있다가 양쪽 부모가 합치를 결정했던 거 같아요. 외부에는 절대 비밀로 해달라고 했는데……"

참혹하게 죽임을 당했지만 둘은 처녀, 총각. 사건이 잠잠해지자 양가에서 영가결혼을 시킨 모양이었다.

딸랑!

신방울은 울리지 않았다. 떠돌이 영기도 없었다. 영령으로부터 단서를 얻는 기대 역시 스산한 바람과 함께 사라져 버렸다.

이렇게 본격 수사가 시작되었다.

모든 것은 백지상태로 세팅!

구성원의 중지에 따라 김기호가 수련의로 있는 동안 담당한 환자들의 추적조사부터 착수했다. 병원 측의 협조를 받아 파악된 사람은 무려 100여 명이었다. 이들 중 현재 사망자는 8명. 남은 92명에 대해서 연락을 취해봤지만 특별히 그런 살인을 할 만큼 깊은 앙금을 가진 케이스가 있었다는 귀띔은 나오지 않았다.

그와 동시에 애당초 수사선상에 올랐던 네 용의자 주변조사가 병행되었다, 나아가 피살자 인친척도 재조사에 착수했다.

이들 두 사안은 현장에서 잔뼈가 굵은 석 반장이 내놓은 의견이었다. 이미 20여 년이 지난 사건. 그렇게 오랜 시간이라면 주변 지인들에게 무의식적으로 한두 번 언질을 비칠 수도 있는 일이었다. 거기에 피살자의 가족들… 나중에라도 뭔가 짚이는 게 나왔을 수도 있다는 것.

애석하게도!

여기서도 단서는 나오지 않았다.

처음부터 장렬한 헛발질, 루킹 삼진을 당한 꼴이었다.

'첫술에 배 부를까?'

승우는 실망하지 않았다. 애당초 수사 기한이 정해진 일도 아니었다.

그러다 문득 이태란이 궁금해졌다. 주변조사 결과 10여 년 전에 장애인 남성과 결혼하여 7살 난 아들을 두고 교외에 살고 있다는 이태란… 한동안 뜨거운 의심과 동정을 받았을 그녀의 오늘은 어떤 모습일까? 먼발치에서라도 보고 싶었다.

*　　　*　　　*

이태란의 집은 하남시였다.

큰길에서 벗어난 산길은 호젓했다. 길 옆으로 나무와 작은 냇물이 스쳐갔다. 찻창을 한껏 내렸다. 바람이 좋았다. 사무실에서 찌든 머리가 음이온 덕분에 맑아지는 것 같았다.

이태란의 집은 마당이 넓었다.

집은 조립식이라 그리 비싸 보이지 않지만 주변과 잘 어울렸다. 이태란은 그 마당에서 농구를 하고 있었다. 일곱 살 귀여운 아들이 상대였다. 휠체어의 그녀는 농구 폼이 제법 괜찮았다. 골도 잘 들어갔다.

그걸 보다가 깜빡 사건을 잊어버렸다. 장애인에게 어울리지 않는 농구. 그러나 엄연히 장애인 농구단도 존재하고 있는 세상이었다.

휠체어……

조서의 기록이 뇌리를 스쳐갔다.

'절단한 사체를 자기 하체처럼 꾸며 휠체어에 싣고 나르면……'

내가 무슨 생각을…….

그녀를 욕되게 하는 것 같아 잠시 망설였지만 승우는 결국 접신을 하고 말았다.

"……."

주목할 만한 영기는 없었다. 아주 약한 영기 흔적이 있지만 그건 그녀가 두 주검의 현장에 있었기 때문…….

'쏘리!'

승우는 혼잣말로 그녀에게 사죄를 올렸다.

잠시 후에 자가용 한 대가 도착했다. 그녀의 남편이었다.

"아빠!"

아이가 차를 향해 달려갔다.

"……!"

순간, 승우는 생각지 못했던 장면을 보았다. 아이가 밀고 가는 것… 빈 휠체어였다. 차에서 내린 신준길이 휠체어에 올라앉았다. 그 역시 장애인이라는 걸 깜빡한 승우였다.

"우리 상우 잘 놀았나?"

남자는 휠체어에 앉은 채 아이를 안아들었다. 마흔이 훌쩍 넘어 보이지만 힘이 좋았다. 원래 장애인들이 그렇다. 하반신 장애인들은 상체가 발달한다. 용불용설… 누구든 다 살아가게 마련인 것이다.

이태란에게 엿보이는 영기의 흔적은 그에게도 느껴졌다. 부부는 닮는 것이니 미약한 영기가 의심의 단초가 될 수는 없었다.

'보기 좋네……'

그들은 오래전에 악몽을 잊은 것 같았다. 그렇다면, 공연히 어른거려서 악몽을 돌이켜 줄 필요는 없었다.

승우는 차에 올랐다. 저만치 커브 길에 들어서는 자가용이 보였다. 그 뒤로는 공사 트럭이 이어지고 있다. 트럭에는 작은 기중기가 탑재되어 있었다.

'안 쪽에 공사가 있나?'

길이 좁아 여기서는 차를 돌릴 수 없었다. 별수 없이 이태란의 집을 끼고 돌았다. 뒤로 돌자 집에 가렸던 창고가 드러났다. 마침 아이가 그 문을 열고 농구공을 집어넣고 있었다.

다시 바람이…….

창고 뒤쪽에서 나붓 승우 쪽으로 불어왔다.

"……!"

무심코 지나가던 승우, 그 바람에 놀라 급 브레이크를 밟았다.

"야!"

뒤에서 고함이 들려왔다. 자가용이 승우 차의 엉덩이까지 들이닥쳐 있었다. 그렇거나 말거나 승우, 서둘러 차에서 내려 창고 끝 쪽을 바라보았다.

창고 끝…….

'아아!'

승우의 영력이 저절로 들끓었다. 온몸을 휘감은 영력이 사방으로 튕겨나갔다.

영기였다. 묵고 또 묵어 내려앉은 해묵은 영기. 풀어헤친 실타래처럼 마구 엉긴 영기가 바람에 실려와 승우를 흔들어댔다.

휘잉!

휘이잉!

빵빵!

뒤에서 경적이 울었다.

"쓰벌, 차 안 빼!"

운전자가 고개를 빼들고 악다구니를 썼다. 그 소리를 들은 신준길이 창고 앞에서 승우를 바라보았다. 승우의 시선도 그에게 옮겨갔다.

"……"

"……"

두 개의 시선이 허공에서 만났다.

"아빠!"

신준길의 아들 상우가 시선의 평형을 무너뜨렸다. 신준길은 아들을 앞세워 앞마당 쪽으로 사라졌다.

"야, 차 빼라고. 왜 길을 막고 지랄이야?"

차에서 내린 운전자가 승우의 가슴팍을 밀었다.

"또라이 새끼야, 뭐야?"

차를 비켜주자 운전자는 눈알을 부라리고 지나갔다. 그때까지도 승우의 시선은 창고 끝에 꽂혀 있었다.

"⋯⋯."

벌써 세 번째 확인이었다. 내심 착각이길 바라던 마음은 승우를 차갑게 외면해 버렸다.

기쁘다기보다,

착잡했다.

─수사진의 용의 대상에 올랐던 이태란⋯⋯.

─그러나 무혐의로 귀결되었던 사건⋯⋯.

그런데⋯⋯.

그런데 다시 수사 대상이 되어야 하다니⋯⋯.

승우는 전화기를 꺼내들었다. 어쩌면, 단서를 찾았다. 난잡한 영기가 가득한 창고 끝⋯ 나른하게 사람의 주검도 느껴졌다.

잠시 서서 머리를 정리했다.

이태란에게 느껴지는 약하디 약한 영기⋯⋯.

그러나 창고 끝 편에는 거친 영기⋯⋯.

당시 유나영은 외부에서 살해되어 운반된 것으로 추정된⋯⋯.

만약…….

천벌을 받을 가정이지만.

이태란과 신준길이 공범이라면?

그래서 저 창고 안에서 유나영을 죽였다면?

저 안에 범행 증거가 남아 있다면?

맙소사!

살이 떨렸다. 누구도 상상 못한 상황이었다.

끼익!

승우는 길을 따라 내려오다 오래된 주택 앞에 차를 세웠다.

"저 집? 준길이 부모님 때부터 살았는데 오래전에 죽었잖아? 그래서 준길이가 결혼하면서 헐고 다시 지었지, 아마?"

헌 집에서 나온 할아버지가 쓸 만한 정보를 주었다.

"그런데 왜? 저 집 사려고?"

"아, 아닙니다. 혹시 저기 부부… 결혼 전에도 사귀었나요?"

"글쎄… 전에는 저 집 담장이 높고 잡풀이 많았던 데다 들어가는 길이 다른 쪽으로 나 있어서 오갔어도 잘 모르지."

"아, 예……."

"왜 그러는데? 새집 지으려면 우리 집 사. 싸게 쳐줄게."

할아버지의 말을 흘리며 차를 향해 걸었다.

―집은 새로 지었다.

―하지만 터는 원래 살던 곳이었다.

—담장은 높고 출입구는 따로 있었다.

생각이 한길로 모아졌다.

이태란과 신준길······.

둘 다는 모르지만 최소한 하나는 관련이 있을 수 있었다.

결국······.

결국 이태란이었나?

벗기고 벗겨도 알 수 없는 게 사람의 마음이라더니··· 여자라더니······.

먼발치에서 바라보는 이태란의 집, 그 하늘 위로 그들의 단란한 웃음꽃이 안개처럼 피어오르고 있었다.

하하핫!

하하핫!

속도가 붙을 것 같던 승우는 바로 벽에 부딪쳤다.

수색영장이 반려된 것이다.

〈특별히 다툴 새로운 증거의 보강 없이 영장을 허가할 수 없음〉

명쾌한 거부였다.

승우는 뒤통수를 한 대 맞은 기분이었다. 동시에 이해가 되기도 했다. 보수적인 법원은 늘 설득력 있는 증거를 원한다.

—창고 안에 증거가 있는 것 같다.

이런 추측만으로는 곤란하다는 입장이다. 현저한 범죄 동향이거나 시간을 다투는 증거를 이유로 대야 하는 것.

'젠장!'

낭패⋯⋯.

두 개의 주검이 뿜어내는 영기는 어긋남이 없었다. 문제는 판사들에게 곧이곧대로 말 할 수 없다는 것이었다.

"거기서 기다려. 내가 직접 갈 테니까."

승우는 주차장으로 나와 시동을 걸었다.

딴죽을 건 건 역시나 이광국 판사였다. 원래부터 깐깐하기로 소문난 인간이지만 하필 오늘 당직 판사였던 모양이다.

전폭적 지원!

검찰총장의 말이 떠올랐지만 영장 하나까지 손을 벌릴 수는 없었다.

"검사님!"

지법에 도착하자 차도형이 손을 흔들었다.

"아, 새끼들⋯ 더럽게 깐깐하게 구는데요?"

차도형이 씩씩거렸다.

승우는 바로 당직 판사실 문을 열었다.

"뭐요? 어⋯ 당신⋯⋯."

이광국이 고개를 들었다.

"영장 재청구하러 왔습니다."

"직접?"

이광국의 눈자위가 구겨졌다.

"결재 부탁합니다. 꼭 필요한 거라서요."

"아니면? 또 깽판 놓을 거요?"

이광국이 다리를 꼬았다. 이런 식으로 힘겨루기를 한 게 두어 번은 되었다. 그때마다 둘은 무승부였다. 승우는 핏대를 올리고 이광국은 영장을 허가하지 않았었다.

그러나 그건 과거지사. 그때는 승우가 망나니라 이권이나 개인적인 사안으로 무차별 영장을 청구하던 시절이었다.

"송 검사님!"

이광국이 담담하게 고개를 들었다.

"검사님 많이 변했죠. 그래서 나도 영장 신청 들어오길래 은근 기대를 했었습니다. 그런데 이게 뭡니까? 무작정 범죄소명에 필요해서 수색을 하겠다고 하면… 이건 수습 판사라도 영장 못 내줍니다."

"설명은 나중에 하겠습니다."

"아, 진짜 답답하시네. 이러면 우리가 욕 먹는 거 몰라요? 영장은 인권과 정당한 법 집행에 비례해서 내주는 게 원칙입니다. 감이나 촉에 대해 내주는 게 아니라고요."

"부탁합니다."

"안 됩니다. 정 필요하면 좀 더 보강해서 재신청하세요."

"이 판사님!"

"제 얘기는 끝났습니다."

"더러는 설명하기 어려운 사건도 있는 법입니다."

"내 말은 유독 송 검사님 영장만 그러니까 문제라는 거 아닙니까?"

"20년 끌어온 미제사건의 범인일 가능성이 높습니다. 부탁합니다."

"NO!"

"정 그렇다면……."

승우는 뚜벅뚜벅 걸어가 이광국 앞의 소파에 털썩 앉아버렸다. 그런 다음, 상의를 벗고 구두와 양말까지 벗은 후에 드러누워 버렸다.

"지금 뭐하는 겁니까?"

"영장 나올 때까지 안 갑니다."

"뭐요?"

"……."

"이봐, 거기 누구 없어?"

이광국은 경비원들을 불렀다. 야간 근무조 청원경찰들이 몰려왔다.

"저쪽 지검의 검사님이신데 방이 필요하신 모양입니다. 우리 당직실에 들어다 눕히세요."

이광국은 단호했다.

청원경찰들, 그가 더 다그치자 별수 없이 승우에게 다가섰다.

"검사님……."

차도형이 일단 청원경찰들을 막아섰다. 아무래도 틀린 일 같았기 때문이었다.

그때, 발소리와 함께 강학봉 부장판사가 들어섰다.

"송 검사?"

소란을 듣고 온 강학봉은 승우를 보고 표정이 굳었다.

"무슨 일인가?"

강학봉이 이광국을 바라보았다.

"별일 아닙니다. 깜도 안 되는 이유를 가지고 영장을 신청했길래 반려했더니……."

그 말을 들은 강학봉이 승우에게 시선을 돌렸다.

"사택 안에 틀림없이 증거가 있습니다. 법률적으로 설명드리기는 곤란하지만……."

"설명하기 어렵다?"

"예……."

"초자연적인 이유인 모양이군?"

강학봉의 입가에 미소가 스쳐갔다. 승우와 인연이 깊은 그. 일단 긍정의 신호로 보였다.

결국, 영장이 떨어졌다. 강학봉이 보증을 선 것이다. 이광국은 쓴 입맛을 다셨지만 강학봉은 승우를 믿었다. 그처럼 초자연적인 경험을 한 사람이 또 누가 있단 말인가

"고맙습니다."

수색 영장을 받아든 승우가 고마움을 전했다.

"아닐세. 솔직히 이것도 따지고 보면 법원의 몸 사리기지. 어서 가보시게."

"예!"

승우는 목례를 남기고 주차장으로 향했다.

"지금 당장 집행합니까?"

차도형이 물었다. 고개를 드니 하늘에는 어둠이 내려와 있었다.

밤이 왔다.

영기들이 활개를 치는 밤······.

그리하여 작은 영기라도 있다면 찾아내기 수월한 시간······.

미뤄둘 이유가 없었다.

"가지!"

승우가 앞장을 섰다.

"무슨 일이죠?"

밤이 깊어갈 때, 문을 열고 나온 이태란이 물었다. 마당에 가득 포진한 수사관들, 그녀의 눈은 휘둥그레질 수밖에 없었다.

"누가 왔어?"

거실에서 신준길의 목소리가 들려 나왔다. 두 팔을 발 삼아 걸어나오는 그. 휑하니 드러난 하체가 허전하게 보였다. 사타구니 바로 아래에서 절단된 몸이었다.

"검찰입니다. 창고 좀 수색하겠습니다."

승우의 신호를 받은 차도형이 영장을 내밀었다.

승우의 품에는 이태란 체포영장도 있었다. 그건 잠시 미뤄두었다. 어쩌면 그들은 잊었을 수도 있는 과거. 어쩌면 남편은 모를 수도 있는 일. 긴 설명을 하느니 증거를 확인한 후에 체포하는 게 좋을 것 같았다. 더구나 도주의 우려도 없는 사람들이니까.

"열어!"

창고 앞에 달린 알전구에 불이 들어오자 승우가 수사관들에게 말했다.

끼이이!

문이 열렸다. 승우가 먼저 들어섰다.

"불은 잠깐!"

권오길이 창고 안을 밝히려하자 승우가 손을 들었다. 영기는 분명했다. 나른하지만, 유나영의 주검이 배인 영기였다.

'후웁!'

승우는 영력을 높였다.

그런데…….

영기의 자취를 더듬던 승우가 미간을 찡그렸다. 영기가…
처음보다 훌쩍 약해진 것이다.

'이런!'

초조함을 달래며 영기의 원점을 찾았다. 헌 휠체어 두 개가
서 있는 구석이었다. 아니, 그보다 조금 더 뒤였다. 창고 뒷문
을 열었다. 저만치 비탈이 무너진 잔해가 보였다. 도로 쪽에서
보면 사각인 곳이었다.

'여기였나?'

영기는 그곳과 뒷문 쪽에서 흩어지고 있었다. 흔적이 멀리
달아나고 있었다.

"휠체어 압수하고 수색 시작해!"

지시가 떨어지자 창고에 불이 들어왔다.

"억!"

수색하던 경찰 하나가 단발마를 질렀다. 구석 선반에 차곡
차곡 쌓인 흉기 때문이었다.

"검사님!"

차도형이 승우를 불렀다.

흉기는 오래된 칼과 회전톱이었다. 비슷비슷한 것들은 수십 개나 되었다. 다행히 대개 녹슬거나 이가 빠진 것들이었다.

"이건 마장동 우시장 같은 데서 근무하는 정육 발골사들이 쓰는 거 같은데요?"

권오길이 말했다.

'발골사……'

"검사님!"

"쉬잇!"

승우는 입단속을 시켰다. 신준길의 직업이 발골사인 걸까? 헌 칼과 톱에서 느껴지는 영기는 애달픈 동물의 한이었다.

수색이 본격화 되는 동안 승우는 밖으로 나왔다.

'영기가 길을 따라 사라졌다.'

도로 쪽으로 이어지는 길을 바라보았다.

―알고 도망친 걸까?

―그렇다면 혹시 악령?

다른 가능성을 짚어보며 다시 이태란에게 향했다.

"당신들 이래도 되는 겁니까? 이미 20여 년이나 지난 사건을 가지고……"

신준길이 각을 세우며 물었다. 그는 이제 휠체어 위에 있었다. 싱싱병원의 사건에 대해서는 이미 인지하고 있는 것 같았다.

"알고 계셨군요?"

"무슨 뜻입니까?"

"혹시 모르시나 해서요."

승우의 말에는 뼈가 담겨 있었다. 신준길이 허 하고 코웃음을 치는 사이에 승우의 시선이 그의 하체로 향했다.

"그래서? 다 지나간 일로 뭘 어쩌겠다는 겁니까?"

"하지만 제보가 들어와서……."

"제보라고요? 무슨 제보요?"

신준길의 목청이 높아졌다.

"그보다… 저기 창고 말입니다. 혹시 오후 이후에 변동 사항이 있습니까?"

"없습니다만……."

승우의 시선이 이태란에게 건너갔다. 아이를 당겨 안은 그녀는 딱 한 번 고개를 저어 남편과 박자를 맞췄다. 그 사이에 수사관들은 사택 안으로 진입했다.

그때 아이가 입을 열었다.

"엄마, 저 창고 아까……."

"쉿! 어른들 얘기 중이잖아."

이태란이 아이의 주의를 다른 곳으로 돌렸다. 아이는 두 눈을 멀뚱거렸다. 아이들은 솔직하다. 저 얼굴은 할 말이 있다는 표정이었다.

"뭐 본 거 있니?"

승우가 눈높이를 맞추며 물었다. 아이는 고개를 저었다. 이태란의 눈을 의식한 듯 보였다. 아이는 이내, 고개마저 떨구어 버렸다.

잠시 후에 차도형이 방에서 나왔다. 노트북과 핸드폰, 그리고 컴퓨터의 하드 디스크와 책을 압수한 상황이었다.

"이태란 씨 모시도록. 신준길 씨도 참고인으로……."

이렇게 되면 별수 없는 일이었다. 지시를 받은 수사관들이 둘의 휠체어 손잡이를 잡았다.

"엄마!"

아이가 겁을 먹고 자지러졌다.

"어쩌죠?"

차도형이 물었다. 조금은 외진 곳. 저 아래로 주택이 몇 채 보이지만 그리 가깝지는 않았다. 불안을 느낀 아이가 이태란에게 달려가 울었다. 영장집행의 애로점이다. 특히 나이 어린 아이를 떼어놓을 때, 수사관들도 인간이기에 콧날이 시려지곤 한다.

"데려가게 해주세요!"

"안 됩니다."

이태란의 말을 차도형이 막았다. 젖먹이라면 모르되 구속 집행에 어린 아이를 붙여줄 수는 없었다.

"너무 하는 거 아닙니까? 아직 어린 애를 어쩌라고?"

신준길이 핏대를 올렸다.

"돌봐줄 사람을 찾으세요."

차도형이 정리를 하고 나섰다.

부릉!

영장집행을 끝낸 수사관 차량이 출발했다. 남은 건 승우와 차도형, 그리고 상우였다. 상우는 몸부림을 치며 울었다. 그걸 말리는 것도 못할 일이었다.

"나쁜 아저씨들, 우리 엄마 아빠를 왜 잡아가요?"

차도형의 품에서 상우가 저주를 퍼부었다.

"네 이름이 상우라고?"

승우가 담담하게 물었다.

"내 이름 부르지 말아요."

"아까 말이야… 창고에 대해 할 말이 있는 것 같던데……."

"없어요. 우리 엄마 아빠 빨리 데려와요!"

상우는 악을 썼다. 아이도 사람이다. 자기 편은 안다. 결코 승우에게 협조하지 않았다. 다행히 오래지 않아 연락을 받은 이모가 도착했다. 상우를 인계하고 도로로 나왔다. 천천히, 아주 천천히…….

"뭐 빠진 게 있습니까?"

큰 도로 앞에 차를 세우자 차도형이 물었다.

"그냥… 저들 동선 좀 볼까하고……."

대충 둘러대고 사방을 보았다. 승우가 집중해서 찾는 건 흐려지는 영기였다. 영기는 딱 여기서 완전히 멀어졌다.

'도로라?'

기억을 되감았다. 그러다 차량 한 대를 떠올렸다. 승우에게 시비를 걸던 자가용 뒤에 올라오던 차량… 기중기 탑재 트럭…….

"CCTV 좀 찾아서 아까 오후 이후에 이 길로 들어간 차량들 좀 체크해봐."

"알겠습니다."

차도형이 찻길로 나아갔다.

"아, 저기 하나 있네요."

직진 방향을 향해 멈춘 차도형이 도로 지시등 위에 매달린 카메라를 가리켰다.

*　　　*　　　*

"더 아는 게 없어요."

"힘없는 장애인들 족쳐서 건수 올리시려고? 구워먹든 삶아먹든 마음대로 하쇼."

부부의 합창이다.

말 그대로 부창부수였다.

서로 다른 조사실로 들어간 부부는 거의 비슷한 태도로 나왔다.

그 시각, 승우는 컵라면을 먹고 있었다. 그것도 두 개… 구석에서 왕컵을 먹던 권오길은 고개를 갸웃거렸다. 승우가 굳이 두 개의 컵라면을 고집했기 때문이었다.

물론 권오길이 알 리 없었다. 승우는 지금 민민과 함께 새참을 즐기고 있다는 사실… 한 젓가락을 넘길 때마다 승우는 민민을 바라보았다. 야무지게 면발을 빠는 모습이 보기 좋았다.

"완전 오리발인뎁쇼?"

잠시 후에 석 반장이 들어섰다.

"알았습니다. 배부터 채우세요."

승우가 돌아보자, 권오길이 미리 준비한 왕컵을 석 반장에게 건네주었다.

승우는 나름 느긋했다.

20여 년……

속된 말로 강산이 두 번 변한 세월이었다.

만약 저들이 범인이라면, 절대로 입을 열 리가 없었다. 그때, 잔혹한 사건의 중심에서도 입을 다물었는데 이제 와서 순순히 입을 열 것인가? 더구나 빼도 박도 못할 물증을 들이댄

것도 아니었다. 그래서 승우는 조사에 참여하지도 않았다. 지켜보지도 않았다. 말하자면, 간을 본 수순에 불과했다.

자정을 넘기자 기다리던 전화가 울렸다. 차도형이었다.

"검사님, 이태란 집에 들른 차량 확보하고 진술도 나왔습니다."

"그래?"

"공사 트럭인데… 창고 뒤에서 건축 폐기물을 가지고 왔답니다."

"폐기물?"

"그게… 뭐 예전에 산사태 막으려고 시멘트 구조물을 만들어서 경사진 곳에 박아두었나본데 며칠 전 내린 폭우로 토사물이 밀리면서 무너져 치워달라고 해서……"

"크기가 좀 되나보지?"

"예… 전부 다섯 개 인데 하나하나가 트럭 차 바퀴만 하답니다. 그날 바로 건축자재 파쇄 업체에 넘겼다는데요."

"다른 건?"

"없답니다. 기타 다른 자가용 네 대가 올라갔는데 역시 그곳을 지나친 차량들이고요."

"알았어. 그만 들어가서 쉬어."

"안에서는 진전이 좀 있습니까?"

"아직… 조심해서 귀가해."

승우는 짧은 숨과 함께 통화를 끝냈다. 기대가 실망으로 바뀌는 순간이었다.

내심 기대가 컸었다.

창고 끝과 뒷문 쪽에서 사라진 영기… 대체 그 정체는 무엇이란 말인가? 맹세커니와 승우, 착각은 아니었다. 태을신장의 신통력이 유효기간을 다한 게 아닌 한.

그때 문득, 승우의 시선에 지검의 본관이 닿았다. 며칠 전 내린 폭우로 외관이 저절로 청소가 되었다. 청소가 되니 도드라지는 부분이 있었다.

'중국인 노동자 매장사건……'

다 지난 일.

어둠 속에서 조명을 받은 그 부분이 파리하게 빛났다. 새로 때운 공사 때문이었다. 사람은 참 잔혹하다. 어째서 그런 생각을 했을까? 살인 전과자들도 아니면서 어떻게 콘크리트 속에 사람을…….

"……?"

거기까지 짚어가던 승우, 별안간 머리카락이 쭈뼛 치켜 올랐다.

콘크리트…….

이태란 집에서 수거한 시멘트 덩어리를…….

트럭 차 바퀴만 한 시멘트 덩어리들…….

그 안에 범행 증거를 넣고 굳혀 버리면?

본관의 저 건물 벽처럼?

오, 마이 갓!!!

가능성은 충분했다.

비상이 걸렸다.

승우는 수사관을 대동하고 건축물 폐기업체로 달렸다. 이유가 있었다. 이태란의 집에서 가져온 시멘트 덩어리들이 파쇄가 끝났다는 보고를 받은 까닭이었다.

날이 새면 폐기물 매립지로 옮겨질 파쇄물들. 설령 승우가 추론한 게 맞았다고 해도 다른 것과 뒤섞여지면 끝장이었다. 그러니 그전에 증거를 찾아야 했다.

파쇄장은 넓었다. 다가 온갖 냄새와 더불어 이런저런 영기가 뒤섞여 감을 잡기가 어려웠다.

알아야 했다.

그 시멘트를 파쇄한 더미가 어떤 것인지.

"아, 이 인간 또 늦게까지 쐬주 빨고 퍼자나 본데요?"

경비원이 거푸 번호를 눌러대며 투덜거렸다. 담당자를 찾지만 연결이 되지 않았다. 시간이 일렀다. 시분초가 새벽 4시 10분에 가 있었기 때문이었다.

후둑!

설상가상으로 빗방울이 떨어지기 시작했다.

"검사님, 비가 오면 그 안에 증거물이 있었다고 해도 씻겨 내려갈 건텝쇼."

석 반장이 우려를 표명했다.

"이봐요. 어떻게 좀 해요. 아니면 당신 구속할 줄 알아!"

다급해진 차도형은 경비원을 향해 못할 말까지 뱉었다. 자칫하면 눈앞에서 증거가 사라지는 꼴을 봐야 할 판이었다.

"아, 전화를 안 받는 걸 어떡합니까?"

경비원이 울상을 지었다.

"이리 줘봐요."

전화기를 가로챈 차도형이 재발신을 눌러댔다. 그사이에 빗발이 굵어지기 시작했다.

"아, 이 개자식, 왜 이렇게 전화를 안 받아?"

차도형은 차라리 악을 썼다.

그 소리를 들으며 승우, 파쇄된 폐건축 자재물 중의 한 더미로 올라섰다. 말이 더미지 어떻게 보면 작은 야산이었다.

'태을신장 님…….'

마음 속에서 회오리가 일었다. 일찍이 이토록 간절할 때가 있었던가? 이미 산산조각이 난 시멘트 덩어리들. 그 위에 퍼붓는 빗발…….

'후읍!'

후웁!

후… 웁…….

몇 번이고 신력을 끌어올리던 승우, 결국 폐기물 봉오리에 주저앉고 말았다.

"아저씨……."

민민이 빗속에서 푸르게 찰랑거렸다.

"민민……."

"괜찮아요?"

"그래……."

"너무 상심 마세요. 마음이 간절하면 길이 있대요."

"그래……."

승우는 민민의 빛을 품 안으로 당겼다. 애당초 승우의 잘못이었다. 처음부터 수사관들을 박아놓고 감시를 해야 했다. 그런데… 간과한 것이다.

영력…….

태을신장의 영력…….

설마 그사이에 무슨 일이…….

그 허점을 제대로 찔린 꼴이었다.

'하늘이…….'

승우는 고개를 들었다. 머릿결을 타고 빗물이 흘러내렸다.

'이태란 편을 드는 건가?'

이 세상에 완전범죄란 없다. 나아가 100% 검거도 없었다. 여기서 말하는 완전범죄… 법의 심판만을 말하는 게 아니었다. 양심의 심판, 즉 삼시충의 심판도 무시할 수 없었다. 그렇기에 살인죄를 저지르고 수사망을 피하려 경범죄를 자처하여 투옥된 지능적 수형자들이 옥중 자수를 하는 일이 있지 않은가? 공소시효가 지났음에도 죄를 고백하거나 죽음으로 잘못을 빌지 않는가?

그렇다면 승우, 굳이 혼자 자책할 필요도 없었다.

하지만!

이 자책은 그런 의미가 아니었다. 어쩌면 영력을 이용해 쉽게 대형 사건을 처리해온 승우, 스스로의 나태와 자만에 보내는 통렬한 반성이었다.

"……!"

얼마 후에 비가 그쳤다. 아니, 그건 아니었다. 알고 보니 석반장이 받쳐준 우산 때문이었다.

"새벽 비 맞으면 감기 걸린다오."

아버지 같은 목소리였다. 하는 수 없이 우산을 받는 수밖에 없었다.

쏴아아!

비는 잘도 퍼부었다. 며칠 전에 내린 폭우에 버금갈 심술이었다. 한참 후에야 엉성한 대문을 들이치는 차량이 보였다. 담당자인 모양이었다.

"야, 이 새끼야!"

다혈질 차도형이 달려가 멱살부터 잡았다. 담당자의 입에서
는 술 냄새가 진동하고 있었다.

"그냥 둬."

승우가 말했다. 빗물이 온갖 파쇄더미를 씻어간 후였다.

"어떻게 그냥 둡니까? 음주운전으로라도 처넣어야겠습니
다."

차도형이 핏대를 올렸다.

"그럼 나를 먼저 집어넣어야 할 거야."

"예?"

"근무태만……."

"검사님……."

차도형이 어리둥절하는 사이에 승우가 돌아섰다. 우산은
이미 놓아버린 지 오래였다. 빗속에서 다시 깨어나고 싶었다.
아차 하는 사이에 물 건너가는 증거. 그렇게 되면 영영 기소
할 수 없는 일… 뼛속까지 젖고 나서 좀 더, 좀 더 자신을 바
짝 조일 생각이었다.

"이 건은 포기하는 겁니까요?"

석 반장이 다시 묵직한 음성으로 물었다. 승우가 가만히 돌
아보았다.

"아뇨. 기왕 칼을 뽑았으니 썩은 무라도 잘라야죠."

"그건 마음에 드는군입쇼."

석 반장이 푸근하게 웃었다. 힘이 되는 미소였다.

이른 아침, 승우는 이태란의 집으로 달려갔다.

미련 때문이었다.

미련……

그건 때로 독이 되지만 또 때로는 약이 되기도 한다. 이날, 승우의 경우에는 분명 그랬다. 허망하게 날려 버린 절호의 찬스. 그 미련은 쉽게 접어지질 않았다. 한 번만 확인하고 싶었다. 혹시… 혹시라도 그곳에 작은 조각이라도 떨어져 있기를… 그래주기를……

끼익!

언덕에 차를 세우고 내렸다.

"민민……"

제일 먼저 민민부터 불러냈다.

"밍글라바!"

"있잖아? 이 사건 마무리는 나 혼자 해볼게."

"왜요?"

"그냥, 이해할 수 있지?"

"그러세요. 아저씨가 원한다면. 저는 구경만 할게요."

"제쭈 떤 바데."

승우는 미얀마어로 고마움을 전했다. 어린 민민, 고맙게도 승우의 마음을 이해하는 모양이었다. 조금 홀가분한 마음으로 돌아설 때였다.

픽!

어디선가 농구공이 날아와 승우의 다리를 때렸다. 돌아보니 이태란의 아들 신민우였다.

"이 나쁜 아저씨!!

엄마 아빠를 기다리고 있었던 걸까? 어린 눈에 가득한 분노는 승우를 향해 흙모래까지 뿌려댔다.

"우리 엄마 아빠는 왜 안 데리고와? 이 나쁜 아저씨야!"

신민우가 달려와 승우의 다리를 걸어찼다.

"신민우!"

마당을 치우던 이모가 뛰어왔다.

왜 오셨죠?

상우를 안아 든 그녀가 눈으로 물었다.

"창고 쪽에 좀 확인할 게 있어서요."

승우는 창고를 향해 걸었다.

"우리 언니는요?"

등 뒤에서 그녀가 물었다. 잠시 주춤거린 승우는 대답 대신 계속 걸었다. 지난밤의 폭우 덕분에 잔디에는 물기가 가득했다. 좋은 점도 있었다. 먼지가 씻겨가면서 초록빛이 반짝거린 것이다.

신기했다.

지금의 상황…….

잔혹하게 죽은 피살자들의 단서를 찾고 있다. 이보다 긴박할 수가 없다. 그런데… 잔디의 초록은 차라리 무심할 정도로 싱싱하고 평화로웠다.

몇 발을 더 갔을 때였다. 그 초록이 엉망이 되고 있었다.

"……!"

잔디의 평화를 끝장낸 건 흙더미였다. 지난밤의 폭우로 남아 있던 비탈이 쓸려 내려온 모양이었다. 질퍽거리는 흙을 밟으며 전진한 승우는 창고 뒤편의 기둥 앞에서 걸음을 멈췄다.

아아!

승우,

심장이 얼어붙는 것 같았다. 무심하게 빛나는 아침햇살이 내리 쬐이는 작은 산사태의 현장. 바짝 밀고 내려온 흙더미 위에 드러난 건 또 하나의 원형 시멘트 방벽이었다.

그리고…….

열한 시 방향으로 또 하나의 물체가 시선을 잡아당겼다. 흙더미 속에서 딱 절반만 모습을 드러낸 원형 시멘트 방벽…….

집념. 그 집념이 두 개의 희망으로 승우를 맞이하는 순간이었다.

'나이쓰!'

저절로 안도의 숨이 밀려 나왔다. 저만치 다가온 꼬마가 작은 공을 던졌지만 신경 쓰지 않았다. 승우는 비스듬히 쓰러진 바위 위에 손을 올렸다. 나머지 손으로는 신방울을 들었다.

'제발……'

애가 탔다. 어쩌면 놓쳐 버릴 수도 있었던 절호의 찬스. 그러나 위태롭게 이어지고 있는 이 찬스. 승우가 바라는 염원은 단 하나였다.

범인…….

그리고 진실…….

범죄자는 누구든 이유가 있었다. 누구든 그의 입장에서 보면 간절하고 정당했다. 하지만, 그렇다고 해도 살인은 안 될 말이었다. 그토록 잔혹한 살육은 더욱 안 될 말이었다.

짤랑!

짧은 소리와 함께 승우가 시선을 들었다. 소리는 방울 안에서 난 게 아니었다. 꼬마가 거푸 던진 흙모래 일부가 방울에 맞은 것이다. 승우는 반신을 드러낸 방벽으로 향했다. 절반은 아직도 흙속에 묻힌 방벽.

'후웁!'

승우는 영력을 발산했다.

뻐꾹!

그때, 숲 안에서 뻐꾸기 소리가 들려왔다. 그 또한 무심했다. 난데없는 새소리로 팽팽한 긴장의 끈이 끊어진 승우, 숲을 향해 고개를 들었다.

'아닌가?'

싶을 때였다.

뻐꾹!

또 한 번의 뻐꾸기 울음과 함께,

짤랑짱랑!

신방울이 아련한 메아리를 뿜어냈다.

"……!"

승우의 감각이 깨어났다. 모든 촉이 일어섰다. 세월에 풍화된 시멘트 안에서 나른하게 배어나오는 영기, 거기에 맞춰 울려대는 방울 소리…….

짤랑짤랑…….

너무나 반가운 그 소리 위로 뻐꾸기 소리가 거듭 겹치고 있었다.

뻐꾹!

뻐꾹!

"검사님!"

승우의 연락을 받은 차도형이 작은 기중기가 달린 트럭을 데리고 도착했다.

"으아, 지성이면 감천이라더니……."

두 개의 방벽을 본 차도형이 반색을 했다.

"이 나쁜 아저씨, 우리 거에 손대지 마!"

기중기가 첫 방벽을 집어들 때 꼬마가 또 악을 썼다.

"아예 집을 다 파가지 그래요."

침묵하던 이모 혀에도 가시가 돋았다.

덜컹!

방벽은 허공을 지나 트럭 위에 놓였다. 기사는 노련한 솜씨로 방벽을 거머쥐었다. 몇 번인가 방벽이 흔들리더니 어금니 뽑히듯 날짱 허공으로 솟았다.

"엇!"

흙더미가 떨어지자 차도형이 펄쩍 뛰었다. 하필이면 차도형 옆이었던 것이다.

"조심해!"

차도형을 잡아주던 승우, 바닥에 떨어진 흙더미에 시선이 꽂혔다.

"검사님……."

차도형이 흙더미로 다가갔다. 흙더미에서 삭은 비닐이 보인 것이다. 오징어처럼 눌린 비닐뭉치는 제법 부피감이 있었다.

승우의 눈짓을 받은 차도형이 나뭇가지로 뭉치를 헤쳤다.

"……!"

뭉치 안의 것이 다 드러나기도 전에 승우, 눈알이 팽팽해지고 말았다. 사이사이에서 검은 조각으로 부서지는 건 피떡. 햇빛을 보자 긴 세월 악몽으로 잠들었던 통한의 냄새가 꿈틀꿈틀 피어나기 시작했다.

김기호…….

유나영…….

두 처참한 주검의 냄새가 엉긴 영기… 겹겹이 쌓인 검은 비닐 안에서 튀어나온 건, 피에 찌든 발골사들의 작업 앞치마와 수술용 장갑이었다.

긴장과 긴박감…….

별관 수사실은 숨소리도 나지 않았다.

승우는 창가에서 햇빛을 쐬고 있었다. 정작은 초조함을 달래는 중이었다. 나수미는 괜한 마우스를 눌렀다 뗐다 반복했다. 석 반장은 귀를 후비고 있다. 그 역시 괜한 몸짓… 귀만 반 시간 가까이 쑤시고 있는 것이다.

"아, 이 친구들 진짜……."

긴장감이 너무 팽팽했을까? 결국 유 계장이 책상을 치며 일어섰다.

"조뺑이 쳐서 증거 갖다주면 냉큼 분석해줄 일이지 뭐가 이렇게 오래 걸려?"

그러면서 또 시계로 시선이 간다.

"안 되겠어, 내가 다시 연락해 보겠습니다."

수화기를 들려던 유 계장, 마침 거의 동시에 울린 벨소리에 화들짝 놀라며 물러섰다.

"여보세요?"

큼, 헛기침을 한 유 계장이 수화기를 들었다. 직원들의 숨소리는 완전하게 가라앉은 상태였다.

"지금 결과 먼저 전송했다고요? 알겠습니다. 수고했습니다!"

유 계장은 와다다다 숨도 쉬지 않고 대답했다.

"들어왔어요!"

메일을 열어본 나수미가 소리쳤다.

"뽑아!"

차도형이 일어섰다. 하지만 나수미가 버벅거렸다.

"왜?"

다시 작렬하는 차도형의 다그침.

"메일이 잘 안 열려요."

"아, 씨… 그럼 나왔다가 다시 들어가."

"이제 돼요."

나수미의 손이 마우스를 클릭했다.

지이잉!

빌어먹을 컴퓨터와 프린터. 왜냐고? 늘 절박한 상황에 속을 썩인다. 더러는 부팅이 느리고, 더러는 인터넷이 연결 안 될 때도 있다. 프린터도 마찬가지. 급할 때는 레이저 프린터도 거북이와 맞짱을 뜰 정도다.

"검사님!"

프린터 앞에서 눈을 부릅 뜨고 있던 차도형이 승우를 향해 소리쳤다. 승우가 출력물을 받았다.

―발골사 작업 앞치마에서 김기호와 유나영 유전자 검출!

―두 피살자의 인체조직 검출!

두 줄의 단어가 반짝거렸다.

"와아아!"

결과를 본 수사관들이 함성을 질렀다.

잡았다.

승우의 끈기와 집념이 성과를 낸 것이다.

"축하합니다. 검사님!"

차도형의 목소리는 그새 잔뜩 메어 있었다.

"수고 많으셨어요."

나수미도 동참.

"다 여러분 덕분입니다. 이제 이태란과 신준길, 둘 중 누가 주범일지 조여볼까요?"

승우의 목소리도 한껏 높아져 갔다.

수사 팀은 이미 몇 가지 시나리오를 갖춘 상태였다.

1안) 신준길 단독 범행.

2안) 신준길+이태란 공모 범행.

3안) 이태란 범행에 신준길 차후 협조……

어떤 추측이 맞든지 수사진에 절대적으로 유리해진 상황……

"나수미 씨, 달콤하게 휴식 중이신 부부들 다시 조사실로 데려오라고 해!"

승우를 비롯한 수사관들이 문을 열고 나갈 때였다. 전화를 집어든 나수미의 눈에 프린터가 들어왔다.

"검사님, 여기 한 장이 더 있는 데요?"

"한 장 더?"

승우가 돌아보았다.

"……!"

활자를 읽어가던 승우의 눈이 출렁거렸다.

—증거물품 1, 시멘트 덩어리A.

〈유의사항 없음.〉

—증거물품 1, 시멘트 덩어리B.

〈발골용 칼로 보이는 칼과 뼈 절단용 톱이 나옴, 흉기에 묻은 조직 검사결과 유나영과 김기호의 유전자 검출됨〉

'아자!'

승우의 주먹에 한 번 더 힘이 들어갔다.

살인에 결정적인 증거까지 나온 것이다.

＊　　　　＊　　　　＊

피의자의 딜레마!

게임 이론의 대표적인 경우다. 일단 두 명의 공범을 따로 떼어놓는다. 이어 제안을 한다.

─둘 다 자백을 하면 둘 다 징역 4년,

─한쪽만 자백하면 자백한 피의자에게만 징역 6개월,

─자백하지 않는 사람에게는 징역 7년,

─마지막으로 둘 다 자백을 거부하면 두 사람에게 징역 1년형.

제안을 받은 피의자들은 고민에 빠진다. 어떻게 하면 가장 적은 형량을 받을 수 있을까?

살인사건 수사 경험이 많은 김혁과 몇 가지 논의를 한 승우는 피의자의 딜레마를 응용하기로 결정했다. 이태란과 신준길은 입을 다물고 있는 상황. 하물며 창고 뒤에서 천지개벽의 증거가 나온 줄도 모르고 있었기 때문이었다.

이유가 있었다.

둘은 10여 년을 함께 산 사람. 만약 둘 중 한 명의 범행이라고 해도 서로 사건을 인지하고 있을 수 있었다. 그렇다면 만약의 경우에 대해 입을 맞췄을 수도 있었다.

전략에 맞춰 증거물도 따로 나누었다. 앞치마는 이태란에게, 흉기는 신준길에게 각각 제시하기로 한 것. 수사관들은 중간중간 분주하게 들락거렸다. 여기저기서 남은 퍼즐조각들이 들어오고 있었다. 승우 앞에는 또 하나의 급전이 답지했다.

⟨의족 문의 결과 회신⟩

제목부터 마음에 들었다.

디로롱동동!

정리가 끝나갈 때 나수미의 핸드폰이 울렸다. 그녀는 복도로 나가 전화를 받았다.

"검사님!"

잠시 후에 문을 연 나수미가 승우에게 다가왔다. 그녀는 승우의 귀에 대고 뭔가를 속삭였다.

"틀림없어?"

승우가 물었다.

"네, 당시 수련의들에게 확인했습니다."

"땡큐!"

승우가 웃었다.

One more.

단서 하나가 추가되는 순간이었다.

신준길을 옆 조사실에 두고 이태란 먼저 심문이 시작되었다.

"이태란 씨……."

승우는 담담하게 입을 열었다. 안에 배석한 사람은 나수미였다.

"……."

이태란은 여전히 말을 아끼고 있었다.

"20여 년 전의 상흔… 다시 상채기를 내어 미안하게 생각합니다."

"……."

"솔직히 말하면 검찰도 힘듭니다. 이런 비극은 다시 들춰보는 것만도 국민 모두가 가슴 아픈 일이니까요."

"……."

"하지만, 하지만 지금이라도 김기호를 살해한 진범이 나오면 좋지 않습니까? 지금은 비록 다른 사람과 살고 계시지만……."

"돌려 말할 필요없어요. 당신은 지금 부질없는 짓을 하고 있다고요."

듣고 있던 이태란이 잘라 말했다.

"그렇죠. 부질없습니다. 그런데 가끔은 하늘이 화답을 하는 경우가 있습니다. 기적이라고 할까요? 아니면 사자의 혼이 돕는다고나 할까요."

"……."

"그 기적이 우리 수사진에게도 일어났습니다."

"……!"

이태란의 눈꺼풀이 파르르 떨리는 게 보였다. 하지만 그뿐
이었다.

"김기호… 유나영… 지금 생각해도 충격적인 살인이었죠.
이유는 두 가지입니다. 살해 방법과 사체 은닉……."

"그래서요?"

"살해 방법은 어느 정도 감을 잡았습니다. 하지만 사체 은
닉은 아직도 여전히 궁금합니다."

"그럼 증거를 제시하면 되겠네요."

"하나씩 해보죠."

승우가 창을 향해 돌아섰다.

창으로 간 승우, 팔짱을 끼고 우묵하게 이태란을 응시했다.
이태란은 승우를 외면했다.

"다리 사고가 나기 전에 알바 많이 해보셨죠?"

"……."

"나도 대학생 때 알바 조금 했었습니다. 호프집이나 음식점
같은 곳……."

"……."

"한번은 음식점 알바를 하는데 암호를 쓰더군요. 메뉴나 주문을 그들만의 언어로 말하는 거예요. 짧게 줄여서 말입니다. 별것도 아니었지만 적응하느라 애 좀 먹었습니다."

그 말과 함께 승우가 돌아섰다. 이제는 이태란을 정면으로 보는 위치였다.

"그런데 의사들도 그런 암호를 쓰더군요. 특히 싱싱병원의 수련의들……."

"……"

"혹시 외국 여행 가보셨습니까?"

"아뇨!"

이태란이 고개를 저었다.

"그렇군요."

휠체어를 바라본 승우가 말을 이어갔다.

"호텔에 투숙하면 문에 팻말이 걸려 있습니다. 방을 청소해 달라는 문구와… Don't disturb!"

"……"

"잠을 방해하지 말라는 말이죠."

"그래서요?"

"싱싱병원 수련의들… 그들도 그런 암호를 썼습니다. 쪽잠을 자거나 할 때면 손잡이에 표식을 붙였죠. 종이반창고 표식… 알고 계셨죠?"

질문을 던진 승우의 눈은 이태란의 눈에 꽂혀 있었다. 움직였다. 그녀의 눈동자… 전후좌우 지향 없이 두 바퀴를 돌았다. 딱, 두 바퀴…….

"그날 김기호는 그걸 문에 붙이고 잠들었습니다. 그래서 간호사나 동료 수련의들은 그 방을 열지 않았습니다."

"……."

"문을 연 사람은 한 사람, 그 표식을 알고 있는 또 다른 사람……."

"……."

"바로 당신!"

승우의 말에 이태란이 파뜩 고개를 들었다.

"아니면 당신의 현남편 신준길!"

"……!"

콰자작.

이태란의 눈동자에 한 번 더 지진이 일었다.

"보여드려요!"

승우, 그쯤에 나수미에게 신호를 보냈다. 나수미는 테이블에 보자기를 펼쳤다. 피냄새 쩔은 앞치마가 모습을 드러냈다. 발골용 앞치마…….

"……!"

"하나 더 있지?"

승우의 눈짓이 이어졌다. 이번에는 질문 답변서가 놓여졌다.

〈의족 문의 결과 회신〉

이태란의 눈은 서류 속의 글자를 빠르게 더듬었다.

―내부가 빈 비기능성 의족임.

글자를 확인한 이태란, 손을 더듬고 있었다. 초조하다는 반증이었다.

"이태란 씨!"

승우의 목소리가 준엄하게 날아갔다. 이태란은 고개를 움직이지 않은 채 눈동자를 돌려 승우를 바라보았다.

"혹시 피의자의 딜레마라는 이론을 아십니까?"

"……"

"아시면 현명하게 판단하시기 바랍니다. 그 핵심은 형량 줄이기입니다. 그 또한 피의자의 선택이자 권리라고 할 수 있지요. 당신이 깨끗하게 협조한다면 어린 아들을 봐서라도 형량을 참작해 드리겠습니다."

"……"

"주범은 신준길, 공범은 당신입니다!"

숨 돌릴 사이도 없이 승우가 카드를 공개해 버렸다.

"……!"

다시 한 번 이태란의 어깨가 현저하게 출렁거렸다. 승우는 내처 달려 나갔다.

"어린 당신이 목숨을 걸고 사랑한 김기호… 의대를 졸업하
고 수련의가 되더니 그만 유나영과 눈이 맞아버렸습니다. 상
대는 빵빵한 여자 의사. 이미 장애를 가진 당신과는 비교가
되지 않았겠죠. 배신감 때문에 좌절한 당신은 그 둘이 죽도록
미웠습니다. 그때 당신 앞에 신준길이 나타났습니다. 정육발
골사이자 장애인 농구 코치인……."

"……."

"사건 당일, 당신은 근무가 없는 유나영에게 담판을 내자고
유인했고 신준길은 그녀를 죽여 반토막을 냈습니다. 그리고…
잘 들으세요. 여기가 중요합니다."

승우, 거기서 잠시 침을 넘기고 말꼬리를 붙여갔다.

"당신 남편은 그 반토막을 자신의 하반신인양 꾸민 후 담요
를 덮고 휠체어를 이용해 병원으로 갑니다. 당신은 이미 도착
해 상황을 살피고 있었을 테고요."

"……."

"처치실에 그 반을 내려놓은 신준길은 방해하지 말라는 종
이반창고 표시를 떼고 진짜 목표를 향해 들어갑니다. 이틀이
나 밤을 새워 정신없이 자는 김기호… 어려울 게 없죠. 신준
길은 발골전문가에다 상체의 힘까지 좋았으니까요."

"이봐요!"

이태란이 엉덩이를 들었다. 하지만 곧 주저앉았다. 나수미가 어깨를 누른 것이다.

"목을 졸라 죽인 후 간단하게 절반을 절단합니다. 그런 다음 그 하체를 변기로 가져가 거꾸로 박은 후에 몇 번이고 물을 내립니다. 출혈을 빨리 멎게 하려는 거지요. 마치… 가축의 갈비에서 핏물을 빼내듯 말입니다. 그래서 변기와 그 주변에 핏물이 낭자했던 거지요."

"말도 안 되는……."

"이어 그걸 자기 하체인양 장착하고 복도로 나갑니다. 그리고 복도를 오가던 당신이 들어오지요. 당신은 수술용 장갑을 낀 손으로 그가 남긴 잔흔을 모아 당신의 의족 공간에 쑤셔 넣고 손을 닦습니다. 이어서 놀라는 척 비명… 악!"

"이봐요!"

다시 이태란이 엉덩이를 들었다. 이번에는 승우가 주저앉혔다. 지금까지와는 달리 난폭한 힘이었다.

"이태란!"

승우의 입에서 묵직한 저음이 흘러나왔다.

"동기는 이해해. 부모님이 죽고 자신의 사고 보상금까지 들여 뒷바라지를 했는데 오죽할까? 하지만 그렇다고 해서 이렇게 잔혹한 살인이 정당화되지는 않아."

"닥쳐요. 난 아니에요. 당신들은 지금 소설을 쓰고 있는 거라고요!"

이태란이 악을 썼다.

"아까 물었지? 피의자의 딜레마를 아냐고?"

"그게 뭐? 그게 뭐가 어쨌다는 거야?"

이태란의 목소리는 점점 더 높아졌다.

"당신들의 증거는 이미 나왔어. 그러니 현명하게 굴라는 거야. 어린 아들을 위해서!"

"아들?"

"진실하게 협조하면 둘 중 한 사람에게 형량을 몰아주지. 그래야 아들을 돌볼 거 아닌가?"

"……."

"당신 남편은 옆방에 있어. 그 사람을 위한 증거는 따로 준비되어 있지. 피의자의 딜레마… 아직은 유효해."

"……."

"거부한다면 이 제의는 끝이야. 원래 이건 물증이 없을 때 쓰는 방법인데 당신들은 물증이 충분하거든."

"피의자의… 딜레마?"

이태란의 목소리가 떨기 시작했다.

"1분 드리지."

승우가 압박 수위를 높였다. 이럴 때는 숨 돌릴 새도 없이 몰아붙이는 것이 최상이었다. 승우와 나수미는 약속이나 한 듯 시계를 바라보았다.

이태란의 어깨가 와들거리기 시작했다. 그리고 50여초가 지났을 때 그녀는 마침내 얼굴을 감싸고 무너졌다.

"말할게요. 말하면 되잖아요!"

우어어엉!

이태란은 울었다. 목이 터져라 울었다.

20여 년… 이제는 다 잊은 줄 알았던 일. 결혼을 하고 아이를 낳고 제2의 사랑을 완성해가던 이태란. 과거의 죄가 그녀의 발목을 잡아채는 순간이었다.

"시멘트 방벽… 그걸 찾았군요?"

눈이 퉁퉁 부어오르고서야 눈물을 그친 이태란, 체념한 모습으로 승우를 바라보았다.

"그래요."

"그렇군요. 두 개… 결국 그 두 개가……."

"……."

"어차피 무너진 거… 그 두 개를 마저 찾았어야 했는데… 두 개는 흙 속에 묻혀 나오지 않길래……."

"……."

"다 맞아요. 검사님 말이… 그러니 저를 범인으로 체포하세요. 어차피 민우 아빠는 저 때문에 시작한 일이니……."

"이태란 씨……."

"다 제 팔자예요. 우리 엄마 말이 딱 맞았네요."

"엄마라고요?"

승우가 고개를 들었다.

"죽기 직전 그분이… 그랬거든요. 용한 스님 말씀이 우리 집 안에 한을 가지고 죽은 사람이 있어서 남편 복이 없다고. 신 랑 잡아먹을 팔자라고… 그러니 결혼은 하지 말고 그냥 편안 하게 살다 오라고… 엄마도 그렇고… 동생도 결혼 한 달 만에 제부가 죽고……."

"……."

"그 말이 딱이네요. 남자를… 두 명이나 죽이게 되었잖아 요."

이태란은 테이블에 무너지고 말았다.

이태란!

스물일곱에 저지른 참혹한 살인극.

그 발단은 배신에 있었다.

인간적인 모멸에 있었다.

의대생 시절, 김기호의 집안은 그리 부유하지 않았다. 그 역 시 식당 찬모로 일하는 장애인 홀어머니 밑에서 자란 까닭이 었다. 그래서인지 김기호의 어머니, 처음에는 이태란을 무척이 나 반겼다. 그 무렵 척추 장애가 더 심해진 어머니. 1년 반이

넘게 일을 못하게 되자 아들 등록금을 마련하지 못했다. 이태란은 자신의 보상금을 기꺼이 쾌척했다. 그렇게 이태란의 신세를 지게 되었다.

아이러니하게도 어머니의 눈빛이 변한 출발점도 병원이었다. 김기호의 어머니가 입원한 병원. 원래 정형외과는 나름 '먹자판'으로 유명한 곳이다. 다른 환자들과는 달리 먹는 데 지장이 덜 하기 때문이었다. 환자들과 친해진 이 어머니에게 누군가 바람을 넣었다.

—아들은 의대생.

—여친은 장애인.

말이 돼?

의사 엄마는 아무나 되나?

언감생심!

거기서 그 싹이 튼 것이다.

그 싹은 같은 의사 유나영을 만나면서 거목이 되었다. 척 봐도 여러 면에서 이태란보다 우월한 유나영. 어머니의 눈빛은 맛탱이가 가버렸다.

거기에 유나영의 눈빛도 살인 동기에 한몫을 했다. 이태란을 볼 때마다 가소롭다는 표현조차 과분하다는 모멸적인 눈빛을 보낸 것이다.

결국 김기호의 어머니가 이태란을 불러 통보를 했다.

아무리 생각해도 기호하고 너는…….

(먹고 떨어지렴)

어머니는 그동안 이태란이 보태준 등록금을 내밀었다.

"어머니… 제가 더 잘할 게요."

이태란이 애원하자 입에 담지 못할 말이 쏟아졌다.

"친구는 몰라도 결혼은 안 돼."

니 꼬라지를 알아야지.

사실은 이보다 더 모멸적이었다. 한 번은 김기호의 생일 케이크를 준비한 이태란을 길바닥에 밀고 그 케이크를 가슴팍에 집어던져 참담함의 극치도 맛보게 했다.

모멸과 멸시!

마침내 최후통첩으로 이어졌다.

어머니와 김기호, 유나영의 삼각편대. 그 삼각편대가 가엾은 이태란을 무차별 맹폭한 것이다.

벌레!

그들이 이태란을 바라보는 시선이 그랬다.

니 주제에!

세 사람의 진심을 들여다본 이태란은 마침내 결심했다.

'죽일 거야!'

다 죽일 거야!

그것도 갈기갈기 찢어서.

모진 멸시와 냉대를 받으면서도 이태란은 김기호 옆을 쉽게 떠나주지 않았다. 이제는 좋아서가 아니었다. 기회가 필요했던 것이다.

그 좌절과 한에 동참해준 게 신준길이었다. 어릴 때의 사고로 하반신을 몽땅 잃은 그는 성격이 좋았다. 생활력도 활발하여 자격증도 많고 운동도 열심이었다.

그와는 장애인 농구 교실에서 만났다. 풀죽은 이태란에게 그가 다가왔다. 어느 날, 이태란의 고백을 들은 신준길, 불 같이 분노했다.

인간도 아닌 것들.

둘은 이내 한 편이 되었다.

의사 커플과 장애인 커플……

의사 커플은 어떻게 하면 이태란의 꼴을 보지 않을 수 있을까 궁리했고, 장애인 커플은 어떻게 하면 의사 커플을 죽여버릴까 궁리를 했다.

두 커플의 궁리는 다시는 있어서 안 될 비극으로 끝났다.

그럼 증거물이 나온 경위는 어떻게 된 것일까?

화면이 다시 사건 당일로 돌아갔다.

알고 보니 그날 일어난 앰뷸런스 화재는 신준길의 작품이었다. 불난 자리는 김기호가 죽은 층의 간호사 스테이션 창에서

빤히 내다보이는 곳. 병동 간호사들의 시선을 끌기 위함이었다.

나머지는 그들의 계획대로 되었다. 시간 역시 간호사 교대 직후. 업무 인수인계와 화재가 겹쳤으니 그만큼 시간을 벌었다.

이태란은 사고 직후 경찰들이 허둥대는 틈을 타서 병동 공동 화장실로 들어갔다. 그 안에 신준길이 있었다. 병동은 온갖 환자들이 휠체어를 타고 다니는 곳. 의심 같은 건 받지 않았다.

김기호의 하체를 차에 갖다 두고 온 신준길은 맞춤한 박스에서 여벌의 의족을 내밀었다. 이태란은 화장실 안에서 그걸 바꿔 끼고 나왔고 범행도구를 쑤셔 박은 의족은 신준길이 가져온 박스에 담아나갔다.

그게 포인트였다. 이태란의 한쪽 의족이 새것으로 바뀌었고, 그걸 모르는 경찰이 바뀐 것을 가져다 국과수 감정을 의뢰했기 때문에 나올 게 없었다.

혼자 사는 집으로 돌아온 신준길은 준비 중이던 시멘트 방벽 틀 안에 흉기를 넣고 시멘트를 채웠다.

당시 검경의 치명적인 실수는 역시 휠체어였다.

병원에 흔한 휠체어 환자들. 그런 사람들을 일일이 조사하기 부담스러웠던 것이 신준길을 놓치는 허점으로 나타난 것이다.

"나 수사관!"

승우는 턱짓을 하고 복도로 나왔다. 사건은 끝났다. 마무리
는 같은 여자가 이어가는 게 좋을 것 같았다.

인간의 두 얼굴…….

화장실 갈 때와 나올 때가 다르다.

씁쓸했다. 처음 순수한 대학생으로 만난 이태란과 김기호.
그 순수함이 세월에 오염되었다. 못된 현실 앞에 무너졌다. 가
족과 함께 사고를 당하고 혼자 살아남은 이태란. 그런 이태란
을 애틋하게 바라보며 용기를 주던 김기호. 장애를 당하고 받
은 보상금이지만 사랑하는 사람을 위해 다 내주어도 아깝지
않던 이태란. 그때까지는 김기호의 어머니도 이태란에 대해
측은함과 고마움이 교차하고 있었다.

그러나!

의대를 졸업한 김기호.

사윗감으로 선망의 대상이 되었다. 때 마침 같은 병원의 우
아한 동료 의사와 눈이 맞았다. 결국 김기호와 그 어머니의
눈에 이태란은 눈엣가시로 변했다.

'은혜를 모르는 인간들은 최후…….'

반남반녀의 비극…….

범인을 잡고도 개운치 않은 승우. 커피 전문점으로 걸음을
옮겼다. 수사관들에게 향 진한 아메리카노 커피라도 한 잔씩

물려줘야 기분이 풀릴 것 같았다.

"민민!"

승우는 그제야 민민을 불러냈다.

"저 여기 있어요."

대답은 승우 어깨에서 흘러나왔다.

"너는 코코아?"

"좋아요!"

민민이 달달한 코코아 향처럼 웃었다. 우울하던 마음에 햇빛이 들어왔다. 민민표 햇빛. 햇빛 사이로 열린 하늘은 푸르고 또 푸르게 보였다.

초대형 24시 만화방

신간 100%, 샤워실, 흡연실, 수면실(침대석), 커플석, 세탁기 완비

■ 강북 노원역점 ■

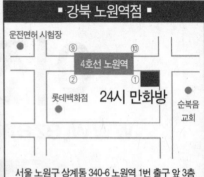

서울 노원구 상계동 340-6 노원역 1번 출구 앞 3층
02) 951-8324 (화용빌딩 3층)

■ 일산 정발산역점 ■

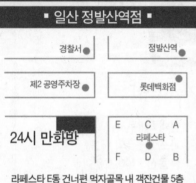

라페스타 E동 건너편 먹자골목 내 객잔건물 5층
031) 914-1957

■ 일산 화정역점 ■

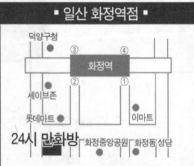

경기도 고양시 덕양구 화정동 984번지 서일빌딩 7층
031) 979-4874 (서일사우나 건물 7층)

■ 부천 역곡역점 ■

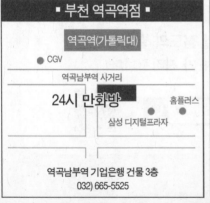

역곡남부역 기업은행 건물 3층
032) 665-5525

■ 부평역점 ■

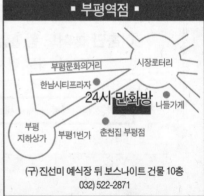

(구)진선미 예식장 뒤 보스나이트 건물 10층
032) 522-2871

박선우 장편소설
FUSION FANTASTIC STORY

멋진 인생
Wonderful Life

태어나며 손에 쥔 것이라고는 가난뿐.

그러나 내게는 온몸을 불사를 열정과
목숨처럼 소중한 사랑이 있었다.

『멋진 인생』

모두가 우러러보는 최고의 직장이자 가장 치열한 전쟁터,
천하그룹!

승진에 삶을 바친 야수들의 세계에서 우뚝 서게 되는
박강호의 치열하지만 낭만적인 이야기!

Book Publishing CHUNGEORAM

궁극의 쉐프

가프 장편소설

FUSION FANTASTIC STORY

태초의 우물에서 찾은 사막의 기적.
사람의 식성과 식욕을 색으로 읽어내는 능력은
요리의 차원을 한 단계 드높인다.

『궁극의 쉐프』

요리란!
접시 위에 자신의 모든 것을 담아내는 것.

쉐프란!
그 요리에 자신의 가치를 증명하는 사람.

"요리 하나로 사람의 운명도 좌우할 수 있습니다."

혀를 위한 요리가 아닌, 마음을 돌보는 요리를 꿈꾸는
궁극의 쉐프 손장태의 여정이 시작된다!

철순 장편소설
FUSION FANTASTIC STORY

괴물 포식자

지구 곳곳에 나타난 차원의 균열.
그것은 인류에게 종말을 고하는 신호탄이었다.

『괴물 포식자』

괴물을 먹어치우며 성장한 지구 최강의 사내, 신혁돈.
그는 자신의 힘을 두려워한 인류에 의해
인류의 배신자라는 낙인이 찍히고 죽게 되는데…

[잠식이 100%에 달했습니다.]
[히든 피스! 잠들어 있던 피닉스의 심장이 깨어납니다.]

불사의 괴물, 피닉스의 심장은
신혁돈을 15년 전으로 회귀하게 한다.

먹어라! 그리고 강해져라!
괴물 포식자 신혁돈의 전설이 시작된다!

Book Publishing CHUNGEORAM

유행이 아닌 자유추구 -
WWW. chungeoram.com